나를 미워하는 십대를 위한

평범한 나와
화해하기

나를 미워하는 십대를 위한
# 평범한 나와 화해하기

**초판 1쇄 발행** 2025년 9월 15일

글 안태일
그림 이이오

**편집장** 천미진
**편집책임** 김현희
**편 집** 최지우
**디자인** 최윤정
**마케팅** 한소정
**경영지원** 한지영

**펴낸이** 한혁수
**펴낸곳** 도서출판 다림
**등 록** 1997. 8. 1. 제1-2209호
**주 소** 07228 서울시 영등포구 영신로 220 KnK 디지털타워 1806호
**전 화** 02-538-2913 | **팩 스** 070-4275-1693
**블로그** blog.naver.com/darimbooks
**전자 우편** darimbooks@hanmail.net
**다림 카페** cafe.naver.com/darimbooks

ⓒ 안태일, 이이오 2025
ISBN 978-89-6177-358-4 (43800)

나를 미워하는 십대를 위한

# 평범한 나와
# 화해하기

글 안태일  그림 이이오

다림

# 차례

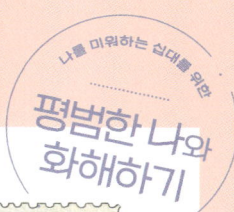

나를 미워하는 십대를 위한,
## 평범한 나와 화해하기

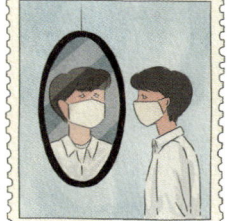

## 셋,
## 우리와 화해하기

# 내일은 내가 더 좋아질 거야

## 마주 보기, 세상 누구보다 나를 가장 미워하는 나

거울 속에 비친 자신을 바라볼 때, 무거운 한숨이 흘러나온 순간이 있었나요? "왜 나는 이렇게 못생겼을까?", "나는 너무 평범해.", "잘하는 게 하나도 없어."라고 자신을 탓한 적이 있나요? 그럴 때면 마음 깊은 곳에서 이런 소리가 들려오는 듯합니다. 난 내가 정말 싫어. 어차피 뭘 해도 안 될 거야.

익숙한 목소리가 차가운 메아리가 되어 여러분의 가슴을 죄어 옵니다. 세상에서 가장 사랑해야 할 존재인 자신을, 세상 누구보다 미워하고 원망합니다. 왜 우리는 자신에게만 이렇게 모질게 대할까요? 다른 사람의 실수나 부족함 앞에서는 괜찮다며 위로하고 따뜻하게 품어 주면서, 왜 자신에게는 따뜻한 위로 한마디를 건네기 힘들까요? 실수하고 실패할 때마다 자신을 몰아세우며 혹독하고 차가운 말로 비난할까요? 이제 다른 사람과 자신을 끊임없이 비교하고 자책해 온 나와 제대로 마주할 시간입니다.

## 대화하기, 나라는 별의 빛과 속도를 알아주자

화해란 서로의 잘못을 용서하고, 있는 모습 그대로의 서로를 다시 품어 주는 과정입니다. 그러기 위해선 대화가 필요합니다. 다른 이와 비교하며 자신을 가혹하게 평가하고 미워했던 마음을 잠시 내려놓으세요.

밤하늘을 올려다보면 빛나는 별과 빛을 내지 못하는 별이 섞여 있는 듯 보입니다. 그러나 사실 그렇지 않습니다. 모든 별은 각자의 빛을 내고 있습니다. 우리가 별을 바라보는 거리, 방향, 그리고 별빛이 지구에 도달하는 시간과 속도에 따라 별빛이 다르게 보일 뿐이죠. 여러분도 마찬가지입니다. 모두 저마다의 빛을 내는 소중한 존재입니다. 하지만 나의 부족한 부분만 들춰내어 찾으려 했기에, 나의 성장을 기다리지 못하고 조급하게 생각했기에 여러분 자신을 빛나지 않는 존재라고 여겨 왔을지 모릅니다. 내가 누군지, 어떤 사람인지 나조차 제대로 알지 못하는 거죠.

내 감정이 어떤지, 앞으로 어떻게 변하고 싶은지, 지금 내게 필요한 것은 무엇인지 천천히 대화를 나누어 봅시다. 잘 몰랐던 나를 발견하고 나의 부족한 모습과 좋은 모습 모두를 품어 주세요. 혹여 세상이 여러분만의 빛깔을 알아보지 못하더라도, 여러분 자신은 '나'라는 별의 빛과 가치를 있는 그대로 바라보고 사랑해 주어야 합니다.


## 안아 주기, 평범한 나도 괜찮아

내가 살아야 하는 이유, 나의 외모와 성격, 부모님과의 대화, 집안 형편, 형제자매와의 비교, 친구와의 갈등과 이별, 진로 고민, 입시 스트레스. 이러한 고민은 여러분의 자존감에 크고 작은 상처를 냅니다. 그렇다면 상처받은 자존감을 회복할 수는 없을까요?

자존감은 자신감과는 다릅니다. 자신감이란 자신의 능력에 대한 믿음과 성공 경험이 쌓이며 새로운 상황에서도 잘 해낼 수 있다는 확신을 뜻합니다. 하지만 실패 경험이 쌓이거나 자신의 능력에 대한 믿음이 약해지면 자신감은 쉽게 무너질 수 있습니다. 반면에 자존감은 자신의 장단점, 성공과 실패를 있는 그대로 받아들이며, 스스로를 소중한 존재로 여기는 마음입니다. "부족해도 괜찮아, 실수해도 괜찮아, 못나도 괜찮아, 완벽하지 않아도 괜찮아, 그게 내 모습이고 앞으로 나는 더 나아질 거야." 있는 그대로의 나를 안아 주는 넉넉한 마음이죠. 실패하거나 자신의 부족함을 마주하더라도, 자존감이 단단한 사람은 쉽게 흔들리지 않습니다. 나와 화해하는 과정에서 여러분은 자존감을 회복하고 나 자신을 너그러운 시선으로 바라볼 수 있습니다.

## 화해하기, 내일 더 나랑 친해지기

하지만 있는 그대로의 나를 받아들이고 아끼는 일이 생각처럼 쉽지만은 않습니다. 우리는 어쩔 수 없이 자신의 부족한 모습에 먼저 눈길이 빼앗기고, 스스로를 다독이는 일을 미루곤 하죠. 그래서 나를 온전히 받아들이기까지 시간이 걸립니다. 즉, 있는 그대로의 나를 마주 보고 화해하는 데에도 배움이 필요합니다. 익숙하지 않아서 어려울 수도 있지만, 그렇다고 포기할 만큼 멀리 있는 것도 아닙니다. 천천히 나를 들여다보고, 어제보다 오늘 조금 더 너그러운 시선으로 나를 바라볼 수 있다면, 힘든 순간 속에서도 나 자신을 믿고 나아갈 수 있습니다.

이 책은 청소년기 아이들이 많이 하는 고민을 세 갈래로 나누어 살펴봅니다. '나와 나', '친구와 나', '가족과 나'라는 관계 속에서 때로는 상처받고, 때로는 흔들리는 마음을 조심스럽게 들여다봅니다. 그러한 감정과 상처가 어디에서 오는지 차근차근 짚어 가며 자존감을 회복하고 나 자신을 받아들일 수 있게 합니다. 이 책이 여러분의 마음속에서 자신과 화해하는 법을 배우고, 고민 앞에서도 담담히 나아갈 수 있는 나침반 역할을 하길 바랍니다.

# 나와
# 화해하기

- ○ 내가 왜 태어났는지, 왜 사는지 모르겠어요
- ○ 내 외모가 마음에 들지 않아요
- ○ 소심한 내가 싫어요
- ○ 뭐든 꾸준히 못 하고 금방 포기해요
- ○ 흑역사가 자꾸 떠올라서 힘들어요
- ○ 숨 막힐 정도로 주변 눈치를 많이 봐요
- ○ 할 줄 아는 게 하나도 없는 내가 한심해요

# 내가 왜 태어났는지,
# 왜 사는지 모르겠어요

승미가 제일 싫어하는 시간이 왔다. 바로 진로 시간이다. 오늘은 조별 활동으로 '꿈 구체화하기' 학습지를 작성한다. 그 전에 조원들은 자신의 꿈 계획을 차례차례 발표했다.

"나는 사회학과에 진학해서 우리 사회의 다양한 환경 문제가 어떻게 발생하는지 공부해 보고 싶어. 그리고 로스쿨에 가서 환경 전문 변호사로 활동할 거야."

"난 웹 소설 작가가 되고 싶어서 국문과나 문예창작과를 생각 중이야."

조원들은 설렘 가득한 눈빛으로 말을 주고받았다. 그리고 마침내 승미의 차례가 되었다.

"나는 아직 생각 중이야…."

승미는 조용히 차례를 넘겼다. 승미는 꿈과 미래를 묻는 말만 들어도 속이 타들어 가는 듯했다. 깊은 물속으로 가라앉는 듯한 무거움이 밀려왔다. 친구들은 저마다 자신만의 길을 찾아 나서는데, 승미만 길을 잃고 긴 터널 속에 갇힌 듯했다. 매일 입시 공부를 해야 하는 이유조차 알 수 없었다.

방과 후, 승미도 다른 친구들처럼 학원과 독서실을 향해 걸었다. 그러나 왜 이 길을 계속 가야 하는지, 어디로 가는지도 알 수 없었다. 자신을 옥죄는 질문에 답을 제대로 찾을 수 없었다.

　태석은 무거운 표정으로 영정 사진 속 작은엄마의 환한 미소를 바라보았다. 사진 속 작은엄마는 언제나처럼 따뜻하고 다정한 모습이었다. 이제는 작은엄마의 환한 미소를 다시 볼 수 없다는 사실이 실감 나지 않았다. 사촌 형네에 놀러 갈 때마다 엄마처럼 늘 반갑게 맞아 주던 작은엄마였다. 작은엄마의 갑작스러운 죽음이 현실처럼 느껴지지 않았다.
　장례식장에는 흐느낌과 침묵이 가득했다. 누군가는 흐느끼며 작은엄마를 불렀고, 누군가는 침묵 속에서 눈물만 흘렸다. 태석은 사촌 형과 맞절을 했다. 작은아빠는 보이지 않았다. 작은아빠는 건강이 좋지 않으셨다. 젊었을 때 교통사고를 당한 이후로 거의 집 안에만 계셔야 했다. 작은엄마는 가족을 위해 희생하며 평생을 사셨다고 했다. 하루도 쉬는 날 없이 일터에 나가고, 집으로 돌아와 사촌 형과 작은아빠를 돌보셨다. 자신을 위한 삶은 단 하루도 살지 못하셨다고 했다.

태석의 옆에 있던 엄마는 사촌 형의 손을 잡고 절규하듯 오열하셨다. "불쌍해서 어떡하니. 평생 그렇게 일만 하다가 놀러한번 못 가 보고… 어떻게 이렇게 허망하게 떠나." 엄마는 그대로 주저앉아 우셨다.

태석은 사촌 형 옆에 앉아 말없이 영정 사진 아래 놓인 향을 바라보았다. 향이 천천히 타들어 가더니 이내 꺼졌다. 향내가 짙어지며 하얀 연기가 흔들렸다. 슬픔이 조금 가라앉자 한번도 스스로에게 던져 본 적 없던 질문들이 거대한 파도처럼 태석을 덮쳤다.

나 역시 언젠가 삶을 떠나는 날이 올 텐데 모든 것이 이렇게 허망하게 사라질 운명이라면, 도대체 삶이란 무엇일까. 나는 어떻게 살아가야 할까. 태석은 질문에 쉽게 답할 수 없었다.

# 어제보다 오늘
# 조금 더 행복해지기

친구들은 저마다의 꿈을 향해 한 걸음씩 나아가는데, 나만 멈춘 시간에 갇힌 듯합니다. '나는 어떻게 살고 싶은가.' 삶의 의미를 묻는 말은 나무로 비유하면 '나'의 뿌리와 같습니다. 이 질문에 답하기를 피하고 가슴에 묻어 둔다면, 뿌리가 땅에 단단히 박히지 못한 나무처럼 삶도 불안정해집니다. 삶에 거친 바람이 불어올 때, 갈피를 못 잡고 흔들리기도 합니다.

삶의 목적과 이유를 묻는 말에 답하기란 쉽지 않습니다. 그러나 이는 여러분이 살아가면서 언제고 만날 질문이며, 한번쯤 생각해 봤을 이야기입니다. 그리고 답을 찾지 못하더라도 고뇌의 시간은 절대 무의미하지 않죠. 삶의 의미를 찾으려는 진지한 탐구는 여러분을 더욱 깊이 있는 사람으로 성장하게 돕습니다.

내가 살아가야 할 이유에 대한 고민은 청소년기에 누구나 하는 자연스러운 생각입니다. 청소년기에는 자의식이 발달하고 주변 상황에 민감하게 반응합니다. 그러면서 내가 생각하는 나의 모습, 즉 자아 정체성을 만들어 가죠. 더 나아가 자신의 존재, 가치, 삶의 방향도 생각하게 되고요. 피아니스트가 건반을 수없이 두드리며 자신만의 음색을 찾아내듯이, 여러분도 이러한 고민을 통해 나만의 정체성을 만들어 갑니다.

또한 청소년기는 대뇌의 앞부분에 있는 전두엽 영역이 빠르게 발달하는 시기입니다. 전두엽은 기억력, 사고력, 감정 조절, 문제 해결, 계획 수립 등 고차원적인 정신 활동을 담당하는 부분이기 때문에 청소년기에는 자기 자신을 인식하는 능력과 눈에 보이거나 만질 수 없는 개념을 상상하고 이해하는 능력이 높아집니다. 이 과정에서 '나'라는 존재와 삶의 의미에 대한 고민이 자연스럽게 늘어나게 됩니다. 그렇다면 이 시기를 의미 있게 보낼 방법은 없을까요?

삶의 이유와 목적을 묻는 말에 답하기 힘든 이유는 개인의 탓보다 우리 사회의 잘못이 큽니다. 많은 청소년이 성적과 입시 체계 속에 숫자들로 평가받고 있습니다. 한국 사회에서 청소년기에 삶의 의미를 찾기 위해 생각에 몰입하는 것 자체가 어려운 일이죠. 그래서 자유 의지에 따라 주체적으로 살아가는 것이 자신에게는 허락되지 않는 사치처럼 느껴지기도 합니다. 이 무거운 현실을 당장 벗어날 수는 없지만 현실의 무게에 짓눌리지 않고, '삶의 의미'를 찾는 방법은 있습니다.

내가 태어난 이유는 생물학적으로 매우 단순하고 명쾌하게 답할 수 있습니다. 정자와 난자가 만나 배아가 만들어지고 엄마 배 속에서 10개월간 머물다가 세상 밖에 나왔습니다. 간단하죠? 그러나 '태어나서 산다'라는 단순한 대답으로는 답답한 마음이 풀리지 않습니다. 그렇다고 지금 당장 내 삶의 의미를 정의하기는 쉽지 않고, 심지어 어른이 되면서 바뀌는 경우가 허다합니다.

그래서 여러분에게 가장 명쾌하고 단순한 삶의 의미를 제시하려고 합니다. 바로 '나는 행복하게 살고 싶다.'입니다. 매 순간 작은 행복을 발견하는 것에서부터 시작해 보면 어떨까요? 횡단보도에 딱 섰는데 마침 초록불로 바뀔 때, 좋아하는 반찬이 급식에 나와 설레는 마음으로 점심을 먹을 때, 새 필기구로 첫 글자를 적을 때처럼 말입니다. 이런 작은 순간들이 모여 하루를 빛나게 하고, 또 그 반짝이는 하루하루가 모여 나만의 특별한 이야기가 됩니다.

나는 어떻게 살아야 할까? 무엇을 위해 살아가는 걸까? 혼란스러울 때는 잠시 멈춰서 깊이 숨을 들이마시고 내쉬어 보세요. 책을 읽으며 마음을 달래 보거나, 좋아하는 음악을 듣거나, 조용히 그림을 그리며 감정을 표현하는 것도 좋은 방법입니다. 친구들과 함께하는 시간 속에서 작은 위로를 발견할 수도 있고요. 그게 무엇이든 작은 행복을 찾아보세요. 그것만으로도 오늘 하루가 좀 괜찮다고 느껴지지 않나요? 내일은 또 어떤 행복이 찾아올까 기대되지 않나요? 지금은 그걸로 충분합니다.

그럼에도 때때로 어두운 터널 속에 갇힌 듯한 답답한 기분이 밀려든다면, 우리의 삶을 모자이크 작품이라고 생각해 보세요. 밝은 점과 어두운 점이 모여 하나의 그림을 만들어 가는 모자이크 작품처럼 일부분만 보아서는 절대 어떤 그림인지 알 수 없습니다. 당장은 내 삶이 어떤 모습일지 잘 안 보이더라도 하루하루 쌓이는 작은 순간이 나만의 작품이 될 것입니다.

"삶의 의미는 발견되는 것이 아니라 만들어 가는 것이다."라는 말이 있습니다. 여러분도 지금처럼 고민하고 질문하며, 조금씩 삶의 의미를 만들어 가고 있습니다. 그 과정이 때로는 힘겹고 외로울 수 있지만, 여러분의 진심 어린 고민과 노력은 참 소중합니다.

## 평범한 나, 제대로 마주하기

- 앞으로 어떻게 살아야 하는지 생각하면 막막한 마음이 들죠. 그럴 땐 단순하게 생각해 보는 것도 도움이 된답니다. 어떤 삶을 살고 싶은가요? 한 문장으로 정리해 보아요. (예) 자유롭게, 즐겁게, 베풀며

   "나는 _____ 살고 싶다."

- 빈칸을 채우지 못해도 괜찮아요. 대신에 오늘 하루 중, 나를 행복하게 했던 순간을 떠올려 보면 어떨까요? 아주 작은 행복도 좋아요!

   _____

   _____

   _____

- 내일은 어떤 행복이 기다리고 있을까요? 내일이 기다려지는 이유를 생각해 보아요. (예) 좋아하는 급식 반찬이 나오는 날, 자리 바꾸기 하는 날

   _____

   _____

   _____

# 내 외모가
# 마음에 들지 않아요

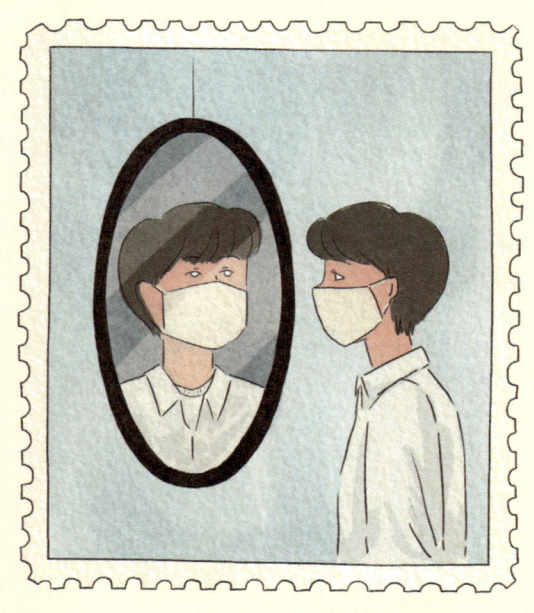

승혁은 오늘도 마스크로 얼굴을 감췄다. 마스크 끈이 헐렁해져서 얼굴이 보이지 않을까 걱정하며 교실 문 앞에서 마스크를 고쳐 썼다. 교실에 들어서자 친구들은 웃으며 수다를 나누고 있었다. 표정 하나하나가 자연스러워 보였다. 승혁은 고개를 살짝 숙인 채 책상으로 향했다. 마스크 안은 습기로 가득 찼고, 턱 밑이 간지러웠다. 하지만 마스크를 벗을 수 없었다. 승혁은 맨얼굴을 드러내기 싫었다. 눈은 실처럼 가늘게 찢어졌고, 코는 두툼했으며, 턱은 각졌다고 생각했다. 다른 사람이 자신의 외모를 직접 마주하면 얼마나 싫어할까, 그 생각만으로 속이 불편해졌다. 승혁은 손끝으로 남들이 알아채지 못하게 마스크 끈을 만지작거렸다.

체육 시간, 승혁은 마스크를 쓴 채 운동장을 뛰었다. 숨이 차올랐고, 땀이 마스크 안으로 스며들었다. 숨을 들이마실 때마다 마스크 안의 축축한 습기가 더 답답하게 느껴졌다. 하지만 맨얼굴을 드러내는 것보다 이 불쾌함을 견디는 게 편했다.

교무실, 승혁은 담임 선생님과 마주 앉아 상담 중이었다.

"승혁이가 국어 점수가 다른 과목보다 아쉬운데 특별한 이유가 있니? 비문학이 어렵다든가….”

　선생님께서 모의고사 성적표를 짚어 가며 무언가 말씀하셨
지만, 전혀 머릿속에 들어오지 않았다. 여럿이 함께 있을 때보
다 이렇게 단둘이 마주하는 시간이 더 힘들었다. 상대방의 시
선이 나에게만 꽂혀 있는 게 부담스러웠다. 선생님의 책상 위
거울에 승혁의 얼굴이 비쳤다. 상담이 길어지는 게 싫었다. 별
다른 질문도 대답도 하지 않고 고개만 끄덕였다.

　“그래. 승혁아. 다음에 더 이야기하고, 인지 들어오라고 해
줘.”

　“감사합니다.”

　마스크 너머로 내뱉은 유일한 말이었다. 황급히 자리에서
일어나 교무실 문을 나섰다. 교실 문 앞에는 다음 상담 순서
인 인지가 서 있었다. 인지는 아주 작은 목소리로 조용히 물었
다.

　“선생님이 뭐라셔? 잔소리 많이 하셔?”

　인지는 귀엽고 부드러운 목소리로 승혁의 눈을 보며 말했
다. 승혁은 본능적으로 시선을 피하며 말을 얼버무린 채 자리

를 떴다. 어색한 상황을 만들기 싫었지만, 누군가와 얼굴을 마주하는 것보다 이 어색함이 차라리 나았다.

# 거울 밖 마음속,
# 진짜 내 모습을 바라보자

거울을 바라보며 마음이 불편했던 적 있나요? 혹은 사람들 앞에서 마스크를 벗는 순간, 그 시선이 자신을 평가하는 듯 느껴져 불안했던 때도 있을 겁니다. 친구들이 무심코 던진 외모에 대한 말 한마디, 스쳐 지나가는 시선 하나에 마음이 흔들려 힘들었던 때가 떠오르지는 않는지요. 여기서 잠시 멈춰서 생각해 보세요. 나의 외모가 일상생활을 하는 데 아주 큰 문제가 되는지, 아니면 SNS와 TV 속 비현실적인 미의 기준에 맞춰 자신을 과소평가하고 있는 건 아닌지요.

한 사람의 가치는 절대 외모로 결정되지 않습니다. 여러분이 사랑하는 친구나 가족의 진정한 가치는 외모가 아니라 그들의 따뜻한 마음과 진심 어린 행동에서 비롯되지 않나요?

이처럼 나 자신 또한 거울에 비친 모습 뒤에 숨겨진 나의 진정한 아름다움을 찾아야 합니다. 거울에 비친 나의 모습이 삶 전체를 잠식하고, 나아가 자신의 존재 가치를 정하게 두지 마세요. 진정한 아름다움은 거울과 카메라 렌즈 속 모습이 아니라, 우리 내면에 존재하는 빛이라는 걸 여러분도 이미 알고 있을 겁니다.

　거울 속 자신의 외모를 볼 때마다 불편하고 고통스러운 마음이 드는 건, 자신을 부정적으로 왜곡해서 바라보기 때문입니다. 그리고 이는 자신은 가치 없는 사람이라는 잘못된 믿음으로 이어지고는 합니다. 예를 들어 주변에서 예쁘다는 소리를 많이 듣는 친구와 단짝이라고 해 봅시다. 같이 많은 시간을 함께하다 보면 친구와 자신을 비교하는 순간이 올 수도 있겠죠. 그럴 때마다 자기 자신을 부정적으로 평가한다면 실제 자신의 모습을 왜곡해서 바라보기 쉽습니다. 친구를 만나기 전과 지금의 모습은 다르지 않은데도, 자기 자신을 바라보는 시선은 부정적으로 바뀌는 겁니다. 청소년기는 자신의 정체성과 존재 가치에 대해서 끝없이 고민하는 시기입니다. 특히 자아 정체성을 찾아가는 과정에서 주변 친구들과 환경의 영향을 크게 받죠. 그래서 먼지 낀 창문을 통해 바깥 풍경을 보듯, 자주 자신의 진짜 모습을 제대로 보지 못합니다. 내가 보는 내 모습보다 다른 사람에게 비칠 모습으로 나를 판단하는 겁니다.

결국 "사람들은 내 외모만 신경 쓸 거야.", "다른 걸 아무리 잘해 봤자 뭐해. 예쁘지 않으면 소용없어!"라는 왜곡된 믿음을 가지게 되죠. 이제 나의 진짜 모습을 바라보아야 합니다. 그러기 위해서는 외모가 아닌 나의 다양한 면모를 알아야 합니다. 나의 장단점, 취향과 가치관 등을요. 전혀 상관없어 보이지만 외모 말고 내가 어떤 사람인지 말해 주는 것들을 알아 가는 과정이 중요합니다. 더 건강한 나를 위해 운동도 해 보고, 더 지혜로운 나를 위해 책도 읽어 보고, 새로운 것들에 도전하는 자신을 칭찬해 보세요. 나를 말해 주는 것을 더 많이 알아 갈수록 외모에 대한 집착은 줄어듭니다.

우리가 사는 세상의 미의 기준에 대해서도 생각해 볼 필요가 있습니다. SNS 속 연예인과 인플루언서들은 마치 영화 속

주인공처럼 아름답기만 해 보입니다. 하지만 그건 완벽한 순간만을 보여 주는 편집본일 뿐이죠. 또 현실에서 누군가의 가치는 외모만으로 결정되지 않습니다. 여러분 주위에 있는 사람들을 떠올려 보세요. 그 사람들을 좋아하거나 혹은 싫어하는 이유를 생각해 보세요. 사람의 가치는 다양한 방식으로 드러납니다. 올바른 가치관, 배려심, 희생정신, 끈기, 노력하는 태도, 이타적인 마음, 뛰어난 능력, 유순한 성격, 유머 등 나열할 수 없을 정도로 다양하죠. 여러분이 소중한 사람을 외모로만 평가하지 않듯이, 다른 이들도 여러분을 외모만으로 판단하지 않는답니다.

청소년기에는 주변의 시선과 평가를 중요하게 여기며 불안을 느끼는 시기입니다. 하지만 이 시기는 남이 정한 기준에 맞추려 애쓰는 시간이 아니라, 여러분만의 고유한 빛깔과 향기를 찾아가는 소중한 시간입니다. 아름다움의 기준은 시대와 문화에 따라 계속 변하지만, 자신의 가치를 찾아가는 과정의 중요성은 변하지 않습니다. 타인의 시선은 잠시 거두고, 따뜻한 시선으로 여러분 자신을 바라보면 어떨까요?

## 평범한 나, 제대로 마주하기

• 외모에 얼마나 신경 쓰고 있나요? 아래 문답지를 보며 확인해 보세요.

| | 질문 | 매우 그렇다 (4점) | 그렇다 (3점) | 보통이다 (2점) | 아니다 (1점) | 전혀 아니다 (0점) |
|---|---|---|---|---|---|---|
| 1 | 얼굴에 작은 뾰루지만 나도 지나치게 의식한다. | | | | | |
| 2 | 나의 외모를 자주 다른 사람과 비교한다. | | | | | |
| 3 | 머리나 화장이 잘 안 된 날엔 밖에 나가고 싶지 않다. | | | | | |
| 4 | 외모가 사회에서 자신을 나타내는 가장 중요한 부분이라고 생각한다. | | | | | |
| 5 | 다른 사람에게 나의 외모에 대해 자주 물어본다. | | | | | |
| 6 | 살이 조금만 쪄도 남들의 시선이 불편하고 우울감을 느낀다. | | | | | |
| 7 | 거울을 볼 때 특정 부위(눈, 코, 턱)를 많이 관찰한다. | | | | | |
| 8 | 사진 속에 내 얼굴을 똑바로 보기가 어렵다. | | | | | |
| 9 | 얼굴이 예쁘거나 잘생겼다면 내 삶이 더 나았을 것이라는 생각을 많이 한다. | | | | | |

0~9점 "외모가 뭐 어때서? 어떤 모습이든 나는 나야!"

＊나를 바라보는 긍정적인 태도가 보기 좋아요.

10~18점 "때로는 내 외모가 맘에 안 들 때도 있지만 그래도 괜찮아!"

＊솔직하게 감정을 인정하고 나를 받아들이는 모습이 멋져요.

19~26점 "다른 사람에게 예뻐 보이고 싶은 건 당연한걸!"

＊맞아요! 하지만 어떤 모습이어도 내가 나를 예쁘게 봐 주면 더 좋을 것 같아요.

27~36점 "이 세상에 외모만큼 중요한 건 없어."

＊세상엔 다양한 아름다움이 있어요. 오늘은 거울이 아닌 내 마음을 들여다볼까요?


• 외모 외에 나를 보여 주는 것엔 무엇이 있을까요? 선물 상자 속에 소중한 물건을 채워 넣듯이 나를 드러내는 것으로 채워 보아요.

_____

_____

_____

_____

_____

# 소심한 내가 싫어요

새 학년이 시작되는 3월의 분주한 복도 한쪽에서 해리는 동아리 모집 공고를 바라보았다. 화학 실험 동아리였다. 해리는 화학 실험을 좋아했다. 수시에도 도움이 될 것 같았다. 그런데 굵은 글자 아래 적힌 작은 글이 해리의 머리와 마음을 흔들었다. "선후배 사이 정말 좋아요. 단합 최고! 적극적인 친구 대환영!"

낯선 사람들 앞에 어색하게 마주 앉아 면접을 보는 장면이 떠올랐다. 동아리에 합격해도 적극적으로 활동할 수 있을지 걱정됐다. 해리는 지원조차 해 보지 못한 채 스스로 불합격을 통보했다. 교실로 돌아오니 학급 회장 애심이 큰 소리로 반 아이들에게 동아리를 홍보하고 있었다.

"이번에 과학 실험 동아리를 아예 새로 만들려고 해. 담당 선생님도 미리 구해 놨어! 통합 과학 선생님께서 과학실 이용도 지원해 주신대! 할 사람?"

해리는 순간 귀를 기울였다. 낯선 사람들과 어색하게 면접을 볼 필요도 없었다. 그저 참여하고 싶다고 말하기만 하면 됐다. 하지만 해리의 발은 바닥을 밀어내지 못했고, 입술이 가볍게 떨리다 멈췄다. 결국, 해리는 과학 실험 동아리에 지원하지 못했다.

통합 사회 수행 평가 발표 시간이었다.

"자, 다들 박수로 맞이해 주세요."

선생님이 자신의 이름을 부르자 심장이 뛰기 시작했다. 박수 소리가 심장을 더욱 조여 왔다. 며칠 동안 보고 또 보았던 발표 원고를 손에 꼭 쥐었다. 밤을 새워 가며 몇 번이나 외웠던 발표 대본이었다. 그러나 이번 발표에서도 대본에 얼굴을 파묻고 그저 대본을 읽을 뿐이었다. 목소리는 점점 작아졌고, 손끝은 미세하게 떨렸다. 학급 회장 애심이 두 주먹을 불끈 쥐며 해리에게 응원을 보냈다.

"… 발표를 경청해 주셔서 감사합니다."

마지막 글자를 힘겹게 뱉어 냈다. 해리는 교탁을 벗어나듯 도망쳤다. 다리는 납덩이처럼 무겁고, 등에는 식은땀이 흘렀다. 해리는 이런 자신이 너무 답답하고 원망스러웠다.

# 나를 이루는 모든 것을
# 사랑할 용기

내 성격은 도대체 왜 이럴까? 하는 고민은 누구나 한번쯤 해 보았을 겁니다. 발표하려고 교실 앞에 설 때마다 혀가 굳고 다리가 떨리거나, 친구에게 속마음을 시원하게 말하고 싶지만 계속 머뭇거리는 내 모습에 답답함을 느낀 적이 있을지도 모릅니다. 성격에 관한 고민은 자책으로 이어지고 자신을 드러내는 일을 두렵게 만듭니다. 학교생활과 친구 관계는 물론 인생 전반에 큰 영향을 미치죠. 나는 원래 성격이 이러니까…. 하며 자신을 틀 안에 가두고 새로운 기회 앞에서 습관적인 선택을 하게 합니다.

그러나 지금 여러분이 자신의 성격에 대해 느끼고 있는 이 고민은 여러분의 자존감을 더 크게 키워 줄 씨앗이 될 수 있습니다. 성격은 '나'를 구성하는 것 중 하나입니다. 나의 성격에 대해 고민한다는 것은 나를 깊이 이해하려는 의지의 표현입니다. 이 과정에서 약점이라고 여겼던 성격의 강점을 발견할수도 있습니다. '나'를 보는 더 나은 태도를 가지는 거죠.

먼저 성격에 대한 오해를 풀어 봅시다. 성격과 비슷한 개념으로 '기질'이 있습니다. 기질은 유전적으로 물려받은 개인의 성향을 말합니다. 아기들은 태어날 때부터 순한 기질, 까다로운 기질, 느린 기질 중 하나를 가지고 태어납니다. 기질은 태어날 때부터 정해진 선천적인 요소이고, 성격은 그 기질을 바탕으로 주변 환경, 학습과 경험을 통해 만들어지는 후천적인 요소입니다. 즉, 기질과 달리 성격은 시간이 지나면서 변화할수 있습니다.

성격이란 우리의 생각, 감정, 심리, 행동을 결정짓는 심리적특성입니다. 주변 사람, 본인이 처한 상황, 환경 등에서 자극을 받을 때 일관된 반응을 보이게 하죠. 예를 들어, 낯선 사람을 만났을 때 반응, 무대 위에 올라섰을 때 반응, 환경이 변했을 때 반응 등에서 보이는 비슷한 패턴을 묶어 성격으로 보는 겁니다. 어떤 사람은 낯선 사람을 만날 때마다 일관되게 쑥스러워하는 반응을 보이고, 어떤 사람은 그런 상황에서 일관되게 말을 걸거나 분위기를 이끌어 갑니다. 이 반응의 차이에서 성격의 차이를 확인할 수 있습니다. MBTI와 같은 단순한 성격 검사는 복잡하고 다양한 성격을 온전히 설명하기 어렵습니다. 과학적 근거에 따른 성격 유형 분류 기법은 개방성, 성실성, 외향성, 친화성, 정서적 안정성 등 보다 구체적인 구분 기준으로 다양한 성격 유형을 제시합니다. 다시 말해, 우리는 '성격'에 대해 제대로 알지 못한 채 내 성격이 싫다, 나쁘다라고 판단해서는 안 됩니다.

또한 지금 당장 자신의 성격이 마음에 들지 않아도, 그것 역시 나의 소중한 일부입니다. 있는 그대로의 나를 받아들이고 소중히 여기라는 말은, 내가 가진 성격도 있는 그대로 인정하고 사랑하라는 말이기도 합니다. 말은 하지 않아도 내 성격에 사랑할 만한 구석 하나쯤은 있을 거예요. 예를 들어, 소심한 성격이라고 해서 친구를 잘 사귈 수 없는 건 아닙니다. 말수가 적기에 주변을 더 세심하게 살피고, 경청할 줄 알기에 다른 사람의 마음을 깊이 이해하는 능력이 있죠. 낯가림이 심해 쉽게 친해지기는 어렵지만, 한번 친해지면 서로의 고민을 진지하게 나누고 다독여 주는 깊은 사이가 됩니다. 쉽게 흥분하는 성격도 마찬가지입니다. 열정과 추진력으로 집단의 단합을 이끌고 힘든 일도 활기차게 해내는 에너지가 있지요. 반면에 작은 것에도 예민한 성격은 세심하고 꼼꼼할 뿐만 아니라 생각지 못한 위험을 먼저 알아차리기도 합니다. 사소한 실수도 그냥 넘기지 못하는 성격은 회계 업무나 정밀 연구 분야에서 능력을 인정받는 사람도 많습니다.

성격의 장단점은 누구나 가지고 있습니다. 모든 상황에서 나의 성격이 유리하게 적용하지는 않아요. 특히 소심한 성격은 자신의 존재감을 드러내야 하는 상황 속에 많은 어려움을 겪죠. 그때마다 내 성격이 싫다고 부정해 버리면 점점 더 그런 자리가 싫어지고 더 나아가 나 자신이 못났다고 생각하게 됩니다. 점점 나와 멀어지게 되는 거예요. 그럴 때 '내 성격상 이런 자리가 불편한 건 당연한 거야. 그런데도 앞에 서서 발표한 내가 대단해.' 하고 자신의 성격을 있는 그대로 받아들이는 자세가 중요합니다. 성격은 후천적인 것이라고 말씀드렸죠? 혹내 성격으로 인한 한계가 보인다면, 어떻게 개선해 갈 수 있는지 고민하는 것도 발전적인 생각이에요.

완벽한 성격이란 없습니다. 그렇기에 완벽하지 않아도 괜찮습니다. 성직자이자 작가인 시드니 스미스는 "자신의 본성이어떤 것이든 그에 충실하라."라고 말했습니다. 성격은 '나'를이루는 중요한 일부입니다. 여러분이 누군지를 설명하는 조각하나하나를 사랑할 줄 아는 사람으로 자라나길 응원합니다.

### 평범한 나, 제대로 마주하기

• 최근에 나의 성격 때문에 창피한 일을 겪었거나, 답답했던 때를 떠올려 보아요. 어떤 감정이 들었나요? 내가 나의 가장 다정한 친구가 되어서 그때 느낀 감정을 알아주고 위로해 주세요.

_____

_____

_____

_____

• 보기 에서 내 성격 중에 마음에 들지 않는 부분을 동그라미 쳐 보세요.

─────────── 보기 ───────────

| | | |
|---|---|---|
| 계획적인 | 독립심이 강한 | 감성적인 |
| 신중한 | 꼼꼼한 | 사려 깊은 |
| 엄격한 | 대담한 | 적극적인 |
| 호의적인 | 주저하는 | 소극적인 |
| 희생적인 | 논리적인 | 세심한 |
| 경쟁심이 강한 | 상상력이 많은 | 분석적인 |
| 친절한 | 온화한 | 모험적인 |
| 변덕스러운 | 느긋한 | 오지랖이 넓은 |

• 동그라미 친 성격의 장점과 단점을 생각해 보세요. 단, 단점을 과장하거나 장점을 지나치게 작게 만들지 말고 있는 그대로 적어 보아요.

_____

_____

_____

_____

• 누구나 자신의 성격 중 마음에 드는 구석 하나쯤은 있죠. "난 나의 이런 점이 좋아!" 나의 성격을 인정하고 스스로에게 용기를 주는 말을 적어 보아요.

_____

_____

_____

_____

# 뭐든 꾸준히 못 하고
# 금방 포기해요

재희는 스터디 플래너를 펼쳐 놓고 길게 한숨을 내쉬었다. 1월 첫째 주 계획표에는 빼곡하게 목표가 적혀 있었다. '영단어 50개 외우기', '수학 문제집 2단원씩 풀기', '아침 6시 기상해서 30분 운동하기'.

그러나 2월이 되자 플래너의 체크 박스는 텅 비었다. 처음 며칠은 자신감과 의욕으로 가득 차 있었다. 새해가 밝았고, 이번만큼은 반드시 목표를 달성하겠다고 다짐했다. 그러나 시간이 지나면서 피곤함과 귀찮음이 조금씩 틈을 비집고 들어왔다.

'하루쯤 쉬어도 괜찮겠지.' 그렇게 자신을 설득하는 날이 반복되자, 어느새 플래너는 책상 한편에 방치되어 버렸다. 죄책감에 떠밀려 일주일에 한두 번이라도 써 보려 했지만, 적는 내용은 점점 줄어들었다. '영단어 30개', '수학 1단원'으로 목표를 낮추다가, 결국에는 아예 펜을 들지 않는 날들이 늘어 갔다. 친구 이슬의 플래너는 달랐다. 체크 박스는 빠짐없이 표시되어 있었고, 알록달록한 스티커와 반짝이는 형광펜 표시가 빼곡했다.

"어떻게 하면 그렇게 할 수 있어?"

재희가 조심스레 묻자, 이슬은 웃으며 대답했다.

"그냥 습관이 된 것 같아."

별거 아니라는 듯 말하는 이슬의 모습이 마냥 부러웠다. 습관이라니, 매일 해야 할 일을 어쩌면 저렇게 가뿐하게 해내는 걸까. 재희는 자신의 플래너를 바라보았다. 한 장, 두 장 넘길수록 미완성인 페이지가 끝도 없이 나왔다. '나는 왜 이럴까?' 매번 이렇게 시작만 하고 포기하는 자신이 한심했다. 단 하나의 목표조차 제대로 이루지 못하는 자신이 원망스러웠다. 손끝으로 빈 페이지를 천천히 만지작거리며, 재희는 의지박약 자신을 탓했다.

준형은 방 안을 둘러보았다. 책장 위에는 먼지가 쌓인 아령이, 서랍장 안에는 앞부분만 공부한 문제집이, 책장 한편에는 한 달 전 사서 읽다 만 책이 있었다. 눈길이 머무는 곳마다, 과거의 실패가 떠올랐다. 한때는 열정적으로 시작했던 것들이지만, 이제는 그저 방 안을 채우는 짐이 되어 있었다.

먼지가 내려앉은 아령을 바라보았다. 작년 여름 방학, 거울 앞에서 팔을 들어 올리며 다짐했던 순간이 떠올랐다. 처음에는 하루도 빠짐없이 두 시간씩 운동했다. 근육이 뻐근할 때마다 뿌듯했고, 땀이 흐를수록 목표에 가까워지는 것 같았다. 하지만 거울 속 자신의 모습은 좀처럼 변하지 않았다. 노력과 결과의 간극이 실망감으로 변해 갔다. 결국 의지는 서서히 빠져나갔다.

서랍장에서 삐져나온 문제집이 눈에 밟혔다. 겨울 방학이 시작되던 날, 다짐하며 첫 장을 넘겼던 기억이 났다. 하지만 1단원을 간신히 끝내고 포기했다. 어려운 문제가 나올 때마다 가슴이 답답해졌고, 어느 순간부터는 책상 앞에 앉는 것조차 두려워졌다.

책장 속에서 잊힌 책을 꺼냈다. 새해가 되면서 산 책이었다. 표지의 반짝이는 글자가 자신을 조롱하는 듯 보였다. 틈날 때마다 읽었지만, 점점 책을 펼치는 횟수가 줄어들었다. 이제는 방 안의 다른 물건들처럼 그저 장식이 되어 버렸다. '나는 왜 이렇게 끈기가 없을까?' 머릿속이 복잡했다. 아무리 다짐해도 바뀌지 않는 자신이 답답했고, 할 수 있을 거라고 믿었던 것들이 실패로 돌아간 게 서글펐다. 긴 한숨이 새어 나왔다. 그 한숨에는 자책감과 무력감, 끝내 이루지 못한 꿈들에 대한 씁쓸함이 묻어 있었다.

# 하루하루 쌓인 성취감이
# 꾸준함을 만든다

한번 시작하면 끝을 보기도 전에 포기해 버리는 자신이 답답한 적 있나요? 작은 포기와 실패가 쌓일 때마다 자신감은 바람에 흔들리는 갈대처럼 조금씩 약해지지요. 그러다 보면 무엇을 해도 잘되지 않을 것 같은 기분에 휩싸입니다. 왜 꾸준히 하는 건 어려운 걸까요? 어떻게 남들은 계획대로 척척 해내는 걸까요? 사실 여러분은 끈기가 없는 게 아니라 끈기 있게 하는 방법을 아직 잘 모르는 걸 수도 있어요.

새로운 목표를 정하고 실행에 옮길 때마다 처음에는 기대와 자신감이 가득하지만, 시간이 지나면서 열정이 급격히 식어 가는 경우가 많죠. 앞을 보면 목표는 높기만 한데 앞으로 나아갈 의욕은 없어져서 포기하고픈 마음이 듭니다. 매번 이런 식으로 포기하는 자신에 대한 미움도 점점 커지고요.

그런데 목표를 지나치게 크게 잡으면 뇌는 과부하를 느껴 일하려고 하지 않고 오히려 의욕을 꺾어 버립니다. 이는 뇌가 과도한 스트레스를 피하고 자신을 보호하는 방식이에요. 받아들이기 어려운 불안이나 위협으로부터 자기 자신을 보호하려는 거죠. 이러한 반응은 무의식적으로 작동하기 때문에 애초에 뇌가 부담을 느끼지 않도록 목표를 작게 쪼개는 전략이 필요합니다. "이번 학기에는 모든 과목에서 2등급을 받아야지."라는 목표보다는 "오늘은 교과서에서 형성 평가 문제 3개, 문제집에서 2개를 풀어야지."처럼 구체적이고 작은 목표를 세워 보세요. 이렇게 하면 자주 성취감을 느낄 수 있고, 그 기쁨은 다음 목표를 향한 강력한 원동력이 됩니다.

작은 성공이 반복되면 뇌는 점차 긍정적인 사고 패턴을 만들어 냅니다. "나는 뭘 해도 안 될 거야."라는 부정적인 생각 대신 "나도 할 수 있구나. 목표를 세우고 실행하는 일은 즐겁고 신나는 일이구나."라는 생각이 무의식 속에 깊이 새겨집니다.

이런 건 누구나 다 하는 거라고요? 나의 성취를 다른 누군가와 비교하지 마세요. 주변 친구들이 나보다 더 의욕적이고 결과가 좋다고 해서 자신을 한심하다고 여길 필요는 없습니다. 친구와 나는 다른 존재이고 비교가 지나치면 자존감은 큰 상처를 받습니다. 이는 결국 목표에 대한 부담으로 이어지고 일상의 즐거움을 앗아 가지요.

마라톤 경기를 떠올려 보면 모든 선수가 같은 속도나 방식으로 달리지 않습니다. 어떤 선수는 초반에 속도를 내고, 어떤 선수는 마지막 순간에 전력을 다합니다. 여러분도 이처럼 저마다의 속도와 방향으로 성장해 갑니다. 천천히, 그리고 한 걸음씩 나아가다 보면 결국 결승점에 도착합니다.

꾸준함은 타인과의 비교에서 생기는 것이 아니라, 자신이 나아간 길을 되돌아볼 때 발견할 수 있는 것입니다. 타인과 비교하기보다 작은 변화와 성장을 하나씩 발견하는 과정이 중요합니다.


그렇다면 꾸준함을 만드는 방법은 없을까요? 앞서 말했듯이, 꾸준함을 만드는 가장 간단한 방법은 작은 목표를 설정하는 겁니다. 매일 자신이 할 수 있는 작은 목표를 플래너에 적어 봅시다. 꼭 플래너가 아니어도 돼요. 좋아하는 노트나 달력도 괜찮습니다. 큰 목표 말고 아주 작은 목표를 적어 보아요. 수학 문제 5개 풀기, 영단어 10개 외우기와 같이 구체적이고 선명한 목표면 좋습니다. 운동이라면 팔굽혀펴기 10회, 생활 습관 개선이라면 아침에 일어나서 이불 정리하기, 하루에 물 1리터 마시기 등이 있겠죠.

목표를 이룬 그 자체도 뿌듯함이 있겠지만, 보상으로 자신에게 작은 선물을 줘도 좋겠지요. 성적이 오르면 갖고 싶던 물건을 사거나, 친구들과 오랜만에 놀러 나가거나 때로는 집에서 하루 종일 편안히 쉬는 것만으로도 충분할 것입니다. 이런 작은 기쁨들이 모여 다음 발걸음을 내딛는 힘이 됩니다.

설사 목표를 이루지 못해도 괜찮습니다. 그저 계획 옆에 작은 표시를 하고 언제 다시 도전할지 생각해 보면 됩니다. 다시 도전해 성공했을 때의 기쁨은 더욱 클 것입니다. 하루하루 쌓이는 작은 성취감은 마치 벽돌 한 장 한 장처럼 쌓여 '나'라는 아름다운 건물이 되어 갑니다. 때로는 변화가 없다고 느낄 수도 있지만, 분명 만들어지고 있지요.

목표를 세우고 이루는 것이 가장 중요합니다. 작은 목표조차 못 이뤘다면 목표를 더 작게 나누면 그만입니다. 문제집 열 페이지를 푸는 것이 부담스럽다면 다섯 페이지로, 다섯 페이지도 버겁다면 한 페이지부터 시작하는 겁니다. 어느 순간에는 그게 습관이 되고, 자연스럽게 목표가 높아지게 될 거예요. 그리고 아무리 작은 목표여도 목표를 이룬 순간에는 스스로에게 따뜻한 말 한마디를 건네주세요. '나'는 내가 애쓴 걸 누구보다 잘 아는 사람이니까요. 차츰 성장하고 변화하는 여러분의 모습을 기대합니다.

## 평범한 나, 제대로 마주하기

• 목표는 작을수록 이루기 쉽습니다. 여러분이 이루고 싶은 목표를 쪼개어서 세우는 연습을 해 보아요.

예 물 많이 마시기 〉 하루에 물 여덟 컵 마시기
한 달에 책 한 권 읽기 〉 하루 10분 독서
수학 문제집 세 장 풀기 〉 수학 문제 3개 풀고 오답 노트 쓰기

_____

_____

_____

_____

_____


• 목표를 이뤄 낸 자신에게 칭찬 한마디를 들려주세요. 칭찬도 구체적으로 하면 좋습니다. 나의 노력을 알아주는 말을 해 주세요.

_____

_____

_____

_____

• 보상이 있는 목표는 좋은 동기 부여가 됩니다. 다음 목표를 이뤘을 때 받고 싶은 보상을 생각해 보아요.

_____

_____

_____

_____

_____

# 흑역사가 자꾸 떠올라서 힘들어요

미희는 1학년 때 친구들 앞에서 했던 말과 행동들이 자꾸 떠올라 마음이 무거웠다. 새로 산 옷과 가방을 자랑하며 친구들의 물건을 유행이 지난 것이라 말했던 일, 해외여행 이야기를 하며 다른 친구들의 여름휴가를 가볍게 여겼던 순간들. 그때는 별생각 없이 한 말들이 이제는 가슴을 짓누르는 돌덩이처럼 느껴졌다. 특히 진경이 부모님께 받은 생일 선물을 자랑스럽게 보여 줬을 때 "그거는 다이소에서도 살 수 있겠다."라고 말했던 순간이 가장 선명하게 떠올랐다. 진경의 얼굴에서 웃음이 순식간에 사라졌고, 입술을 꾹 다문 채 고개를 숙였다. 순간 흔들리는 눈동자에서 상처받은 마음이 고스란히 드러났다.

그때는 자신의 말이 상처가 될 수 있다는 생각조차 하지 못했다. 진경과의 사이는 점점 멀어졌고, 서로 눈을 마주치는 일도 줄어들었다. 그때는 진경이 별것도 아닌 일에 과민 반응을 보인다고 생각했다. 하지만 시간이 흐르면서 자신의 말이 얼마나 큰 상처가 되었는지 뼈저리게 느낄 수 있었다. 이제 2학년이 되었지만, 그 기억들은 여전히 미희의 머릿속을 맴돌았다. 미희는 그때의 자신도, 지금의 자신도 미워하고 있다.

창경은 태어나 처음으로 학급 회장 선거에 나갔다. 그동안 창경은 주목받는 상황을 항상 피해 왔다. 하지만 이번만큼은 달라지고 싶었다. 늘 소극적이었던 자신을 바꾸고 싶었다. 공약 발표 대본을 수십 번 외우며 거울 앞에서 자세와 표정을 연습했다. 휴대 전화로 촬영하며 목소리 톤과 눈빛까지 신경 썼다. 하지만 선거 당일, 교탁 앞에서 반 친구들과 마주하자 심장이 터질 듯 뛰기 시작했다. 손바닥에는 식은땀이 배어 나왔다. 목소리는 주체할 수 없이 떨리고 점점 작아졌다. 머릿속이 하얘졌다. 발표 대본이 기억나지 않았다.

결국 창경은 준비한 내용의 절반도 말하지 못한 채 허둥지둥 말을 마치고 자리로 돌아왔다. 아무도 창경을 놀리거나 비웃지 않았다. 하지만 창경은 친구들의 웃음소리와 비난이 들리는 듯했다. 결국 선거에서 떨어졌다. 당연한 결과라고 생각했지만, 씁쓸했다. 하지만 창경이 정말 속상했던 이유는 선거

에서 떨어져서가 아니었다. 끝까지 발표를 마치지 못한 자신
때문이었다. 달라지기 위해 시도했지만 해내지 못했다는 생각
에 좌절감을 느꼈다.

그 후로 창경은 학급 활동에 더 소극적으로 참여했다. 조별
토론 때도 거의 입을 열지 않았다. 수업 시간에 정말 궁금한
내용이 있어도 손을 들지 않았다. 회장 선거 때의 기억이 머릿
속을 떠나지 않았기 때문이다.

창경은 그렇게 자신을 지킬 방법을 찾았다고 믿었다. 그냥
조용히 있자. 아무것도 하지 말자. 그러면 실수할 일도 없고,
남들에게 웃음거리가 될 일도 없다. 창경은 그냥 이렇게 사는
게 낫다고 마음먹었다.

# 과거의 나와 지금의 나는
# 다르다는 걸 기억하자

지난 잘못과 실수가 계속 떠올라 힘들 때가 있습니다. 발표 시간에 말이 꼬이고 얼굴이 달아올랐던 순간, 친구에게 상처를 준 일, 다 아는 문제를 긴장해서 틀린 일, 비겁하고 이기적으로 행동한 일. 보고 싶지 않은 영상이 반복 재생되는 것만 같죠. 이불을 걷어차며 베개에 얼굴을 묻고 자신을 탓한 적도 있을 겁니다.

하지만 한순간의 실수를 저지른 나와 현재의 나, 그리고 미래의 내가 다를 바 없다고 여겨서는 안 됩니다. 과거의 실수를 떠올리며 후회하는 마음이 든다는 것은 여러분이 그때보다 훨씬 더 나은 사람이 되었다는 증거이기도 합니다. 우리는 실수를 통해 성장하고 성숙해지기 때문이지요. 과거의 기억에

현재의 나를 주눅 들게 두지 마세요. 지난날의 실수와 실패를 인정하고 더 나은 내가 되기 위해 노력한다면 흑역사 속의 나보다 훨씬 성숙한 내가 될 수 있습니다.

우리의 뇌는 예전에 겪은 일과 비슷한 상황이 펼쳐지면 부정적인 기억을 끄집어내어 경계 태세를 갖춥니다. 망신당하는 일이 없도록 조심하라는 뇌의 경고는 몸의 반응으로 이어집니다. 발표 때마다 몸이 굳고 심장이 세차게 뛰기도 하고, 새로운 친구를 사귈 때 머뭇거리게 되며, 문제를 풀 때 불안감이 커지기도 하지요.

잠시 숨을 고르고 마음을 진정해 보세요. 4초 동안 숨을 길게 들이마시고 6초 동안 길게 내쉬어 보세요. 나쁜 기억이 떠오를 때 여러분의 몸과 마음을 한결 편안하게 만드는 겁니다. 몸을 진정시키는 부교감 신경계가 커지면서 혈압과 심박수가 안정되고 혈액 순환을 원활하게 합니다. 과거의 기억에서 한 걸음 물러나 마음의 평온을 찾을 수 있을 거예요.

또 이 세상에 완벽한 사람은 없다는 걸 기억하세요. 누구나 실수하고, 누구나 지우고 싶은 과거를 갖고 있습니다. 이전의 실패 경험 때문에 소극적으로 행동하거나, 준비가 될 때를 기다리는 건 오히려 나에게 '완벽주의'라는 족쇄를 채우는 것과 같습니다. 이러한 완벽주의는 다른 사람에게 잘 보이는 것, 망신당하지 않는 것이 가장 큰 목적이기 때문에 끊임없이 자기 자신을 몰아붙이고 정작 행동하는 것은 망설이게 합니다.

이럴 땐 내 안의 목소리에 귀 기울여야 합니다. 무언가를 잘해야 한다는 생각에 압박감을 느낄 때, 도전하기도 전에 포기하고 싶을 때, 그런 생각이 드는 이유를 스스로에게 물어보세요. 남들에게 망신당하기 싫어서, 실패하면 또 좌절을 느끼고 흑역사를 만들까 봐 그런 건 아닌지요. 여러분 삶의 가장 큰 목적이 흑역사 만들지 않기가 된 건 아닌지 곰곰 생각해 보는 겁니다.

좋은 기억으로 흑역사를 상쇄시키는 것도 좋은 방법입니다. 친구에게 필기구를 빌려주었던 순간, 어려운 문제를 해설 없이 풀어낸 순간, 친구가 자신을 믿고 고민을 털어놓은 순간처럼 사소하지만 소중한 기억이 여러분이 그때보다 성장했음을 알려 줍니다. 과거의 일이 자꾸 떠오를 때면 지금의 내가 그때보다 더 성장하고 성숙해졌다는 사실을 스스로 인지해야 합니다. 과거의 나는 뒤에 두고, 나아지는 자신을 바라보는 따뜻한 시선이 필요합니다.

하지만 그런 사실을 알고 있는 건 나밖에 없다고, 과거의 나를 아는 사람은 그렇게 생각하지 않을 거라고 걱정할 수도 있어요. 친구들과 주변 사람들이 나를 나쁜 아이로, 못난 사람으로 기억하고 미워할 거라고요. 하지만 열 길 물속은 알아도 한길 사람 속은 모른다는 말처럼, 내가 다른 사람의 생각과 마음을 온전히 알 수는 없습니다. 그 사람들도 마찬가지예요. 주변 사람들은 내가 걱정하는 만큼 실수나 잘못에 신경쓰지 않습니다. 사람들은 나의 실수에 무심한데도, 나는 타인의 시선을 의식하며 스스로를 탓하는 거지요.

이 책을 읽는 독자 분들이 언제나 자신이 비난받기보다 응원받고 있다는 사실을 기억하면 좋겠습니다. 모든 사람은 실수를 통해 배우고 성장합니다. 하지만 모두가 자신의 지난 행동을 잘못이라고 인정하고 반성하지는 않습니다. 지난날의 잘

못을 진심으로 반성하고 더 나은 사람이 되려는 자세, 그 자체가 소중합니다. 청소년기의 본질은 실수와 성장을 반복하는 것입니다. 실수와 실패, 수습과 성장을 반복하며 나아가는 시기가 바로 청소년기입니다.

혹 여전히 누군가에게 미안해서 불편한 마음이 든다면 친구와 주변 사람들에게 진심을 전해 보세요. 그때의 행동이 상처를 주었다면, 앞으로는 더 나은 관계를 만들어 가고 싶다는 마음을 나누어 보는 것은 어떨까요? 진심 어린 마음은 서로를 이해하는 다리가 되어 줄 수 있을 것입니다.

상황이 여의치 않다면 일기장에 여러분의 마음을 솔직하게 적어 보는 것도 의미가 있습니다. 천천히 그 기록을 읽어 보며 자신의 내면을 들여다보는 일은 소중한 성찰의 시간이 됩니다. 그때의 마음은 어떠했는지, 앞으로는 어떤 모습이고 싶은지 생각해 보세요. 지나간 시간은 되돌릴 수 없지만, 그 시간을 통해 배우고 성장할 수 있다는 게 다행이라고 느껴지지 않나요? 여러분이 살아온 시간은 십몇 년이지만, 앞으로는 수십 년의 삶이 펼쳐져 있습니다. 그러니 이제 조금 더 자신을 믿고

한 걸음씩 나아가 보는 것은 어떨까요?

완벽하지 않아도 나, 실수해도 나, 나약해도 나, 비겁해도 나, 앞으로 몇십 년을 함께 살아갈 '나'라는 존재입니다. 나의 다양한 시간을 인정하고, 더 나아지려고 노력하는 과정 하나하나가 여러분을 더 성숙한 존재로 이끌어 줄 것입니다.

## 평범한 나, 제대로 마주하기

• 잊고 싶은 기억이 자꾸만 떠오른다면 지금 제대로 마주해 봅시다. 과거의 일과 그 일로 생긴 변화를 일기로 적어 보아요.


ㅇ 어떤 일이 있었나요?


ㅇ 그 일로 나에게 생긴 변화나 힘들었던 점을 생각해 보세요.


ㅇ 이러한 상황을 극복하기 위해 애쓴 부분이 있나요?


ㅇ 과거의 나를 위로하는 말을 적어 보아요.


ㅇ 그때보다 성숙해진 자신을 인정하고 칭찬해 주세요.

to. 과거의 나

_____

_____

_____

_____

_____

_____

_____

_____

_____

_____

_____

from. 미래의 나

# 숨 막힐 정도로
# 주변 눈치를 많이 봐요

민서는 친구들과 대화할 때마다 심장이 세차게 뛰었다. 마치 무대 위에 선 배우처럼 모든 말과 행동이 끊임없이 평가받는 듯했다. 입을 열려고 할 때마다 뜨거운 숯덩이 같은 말들이 목구멍에서 사라졌다. '내 취향이 친구들과 다르면 어쩌지? 내가 좋아하는 드라마나 음악을 이상하다고 하면?' 하는 생각에 손바닥이 축축해졌다. 친구들의 작은 웃음소리에도 혹시 나를 비웃는 게 아닐까 싶어 어깨가 얼어붙었다. 분식집에서도 로제 떡볶이가 먹고 싶었지만, 친구들이 고른 매운맛에 맞췄다. 민서는 매운 음식을 잘 먹지 못했다. 하지만 메뉴판을 보며 망설이는 사이에도 '내가 너무 까다롭게 굴면 귀찮은 애라고 생각하지 않을까?' 하는 생각들이 머릿속을 끊임없이 맴돌았다. 주변의 시선이 날카로운 바늘처럼 따가웠다. 그저 물결에 휩쓸리듯 남들의 선택을 따르는 게 가장 안전하다고 느꼈다. 진짜 나는 더 깊이 숨겼다.

다은은 학생회 문화부장으로서 학교 축제 기획 회의에 참

석했다. 늦가을의 쌀쌀한 바람이 부는 방과 후, 학생회실은 이미 학생들의 열기로 뜨거웠다. 회의실 창가에 앉은 다은은 색다른 아이디어를 떠올렸다. 선생님의 성대모사를 하고 선생님들을 무대에 초대하는 이벤트였다. 수학 선생님의 특유의 말투나 국어 선생님의 재치 있는 농담을 재현하면 학생들이 웃으며 축제 분위기가 한층 더 살아날 것 같았다. 무엇보다 평소에는 볼 수 없었던 선생님의 친근한 모습을 보며 사제 간의 정을 나눌 수 있을 거라 확신했다. 손바닥에 땀이 배어나왔다. 발표 순서를 기다리며 다은의 심장은 점점 더 빨라졌다. 드디어 다은의 차례가 되었다. 다은이 아이디어를 설명하기 시작할 때, 옆자리 친구가 하는 말이 들렸다.

"그런 건 좀 무리일 것 같은데…."

그 말을 듣는 순간, 차가운 물을 뒤집어쓴 듯 몸이 얼어붙었다. 목까지 차올랐던 말이 다시 가라앉았다. '정말 말도 안 되는 생각이었나?' 하는 의심이 마음속에 피어올랐다. 결국 자신의 생각을 제대로 말하지 못하고 얼버무린 채 회의가 끝났다. 집으로 돌아가는 길, 다은은 노란 은행잎이 흩날리는 교정을 걸으며 자신의 아이디어를 제대로 설명하지 못한 것을 후회했다. 머릿속에서 '이렇게 말해야 했는데.', '저렇게 설명했다면 좋았을 텐데.' 하는 생각이 끊임없이 맴돌았다. 하지만 다음 회의 때도 비슷한 상황이 반복되었다. 다른 의견을 낼 때도 마찬가지였다. 거절당하거나 친구들이 이상하게 생각하지 않을까, 혹은 자신의 제안이 유치하게 들리지 않을까 두려웠다. 그렇게 또 한 번 소중한 기회가 모래처럼 손가락 사이로 흩어졌다.

# 친구를 위하는 만큼
# 나의 개성과 취향도 존중해 주기

    수업 시간에 발표하거나, 친구에게 간단한 질문을 할 때, 혹은 음식 메뉴를 고를 때조차도 다른 사람의 눈치를 보며 마음이 불편했던 경험이 있나요? 친구들의 작은 웃음소리에도 혹시 나를 보고 비웃는 것은 아닌지 불안했던 적은요? 다른 사람의 눈치를 지나치게 살피면 나에게 집중하기 힘듭니다. 마치 투명한 유리 상자 안에 갇혀 사는 것처럼, 나의 모든 행동과 선택이 누군가에게 보이고 평가받는다고 느끼기 때문이죠.

    남들의 평가와 시선을 지나치게 의식할수록 '나'보다 '타인'을 중심에 둡니다. 진로를 고민할 때, 직장을 선택할 때 등 삶의 중요한 순간마다 내 의지보다 부모님, 친구, 연인 등 다른 사람의 기준이 훨씬 큰 영향을 미치죠. 그렇다고 눈치 보는 것이 잘못된 것은 아닙니다. 남의 눈치를 살피는 마음도 내 안의 소중한 감수성입니다. 다른 사람의 마음을 섬세하게 읽고 이해하려는 예민함은 더 깊은 인간관계를 맺게 하며, 상대의 심리를 정확히 파악하여 처신할 수 있게 합니다. 즉, 중요한 건 눈치 보는 '나'가 아닌 나의 기준과 취향을 드러내지 못하는 '나'입니다.

인간은 본능적으로 다른 사람을 따라 하는 경향이 있습니다. 엄마가 좋아하는 음식을 아이도 좋아하려 애쓰거나, 친구들이 선호하는 브랜드를 자연스럽게 따라 사는 게 대표적인 예입니다. 이 과정에서 타인의 눈치를 살피는 것은 당연한 일입니다. 특히 청소년기는 정체성을 형성하는 과정에서 타인의 시선과 평가에 더욱 민감해집니다. 누군가의 눈치를 많이 볼 수밖에 없죠.

동시에 청소년기는 나를 알아 가는 중요한 시기이기도 합니다. 남들의 생각과 가치관, 취향을 궁금해하고 맞춰 주는 것처럼 '나' 자신에게도 같은 태도를 가져야 합니다. 나에 관한 프로필을 만들어 보는 거죠.

다른 사람의 눈치를 보는 게 습관이 된 사람은 '나'를 알아 가는다는 게 처음에는 어색하게 느껴질 수 있습니다. 그럴 땐 머릿속에 떠오르는 걸 글로 옮겨 보세요. 내가 가치 있다고 생각하는 것, 옳다고 여기는 선택, 어떤 영화나 책에 대한 생각, 좋아하는 것과 싫어하는 것 등을 적어 보는 겁니다. 노트에 반듯이 놓인 내 취향을 차분히 들여다보면 나는 이런 사람을 좋아하는구나, 나는 이런 가치관을 중요하게 여기는구나, 하며 여러 부분에서 나의 기준이 되는 지점을 볼 수 있을 거예요. 나만의 '취향 노트'가 만들어지는 거죠.

음식, 철학, 꿈, 게임, 화장품, 친구, 연애, 옷 등 모든 종류의 물건과 개념에 대해 나도 몰랐던 나만의 취향을 확인할 수 있을 거예요. 더 나아가 다른 사람들의 생각과 취향도 자연스럽게 이해하게 됩니다.

완벽하게 행동해야 한다는 부담감 때문에 다른 사람의 눈치를 보는 경우도 많습니다. 앞서 말했듯이 청소년기는 원래 실수와 실패가 많은 시기입니다. 많은 사람이 실수와 실패를 통해 경험을 쌓으며 성장합니다. 여러분도 마찬가지입니다.

또, 생각보다 사람들은 남들에게 관심이 없습니다. 그러니 나 자신도 자신의 실수와 실패를 조금 더 가벼운 마음으로 바라보면 좋겠습니다.

완벽함에 대한 부담을 덜어내는 의외의 방법은 새로운 시도를 해 보는 겁니다. 어차피 잘 모르고 처음 해 보는 것이기에 실수를 해도 부담이 없습니다. 이런 시도, 저런 시도를 하다 보면 타인의 평가에도 겁먹지 않고, 자신의 말과 행동에 집중할 수 있을 거예요.

다른 사람의 눈치를 볼 줄 아는 사람은 타인의 마음을 헤아리고 이해할 줄 아는 따뜻한 마음을 지닌 사람입니다. 그런 '나'를 스스로 칭찬해 주세요. 그리고 앞으로는 나만의 선택과 기준에 따라 한 걸음씩 나아가 보는 겁니다. 온전히 내가 판단하고 행동하여 만들어 갈 내일을 설레는 마음으로 그려 가길 바랍니다.

## 🍀 평범한 나, 제대로 마주하기

• 오늘도 다른 사람들의 눈치를 보고 기분을 맞추는 데 많은 시간을 보냈나요? 친구들을 위하는 마음은 잠시 내려놓고 나를 알 수 있는 나만의 취향 노트를 만들어 보아요.

### • 취향 노트

○ 내가 살아가는 데 있어 중요한 것을 생각해 보아요.

(예) 친구 관계, 가족, 잘 못하더라도 끈기 있게 해내는 의지, 가진 것을 베푸는 이타적인 마음, 자존심, 꿈

_____

_____

_____

○ 내 삶을 행복하게 하는 것을 생각해 보아요.

(예) 밝은 미소, 혼자 있는 시간, 친절한 말투, 귀여운 키링, 맑은 하늘, 맛있는 점심

_____

_____

_____

○ 나는 어떤 걸 좋아하고, 어떤 걸 싫어할까요? 노래, 장소, 향기, 순간, 말 등 사소한 것이라도 좋아요. 내가 좋아하는 것과 싫어하는 것을 생각해 보아요.

(예) 눈 내리는 겨울날은 좋지만 땀이 비처럼 쏟아지는 한여름은 싫다.

_____

_____

_____

_____

_____

_____

_____

_____

_____

_____

# 할 줄 아는 게 하나도 없는
## 내가 한심해요

영찬은 동아리 발표회 날 운동장에 설치된 동아리 부스를 천천히 둘러보았다. 로봇 동아리 부스 앞에 멈춰 선 영찬의 눈에 놀라움과 씁쓸함이 스쳤다. 학생들이 직접 제작한 로봇이 정교하게 움직이고 있었다. 영찬은 어릴 때부터 로봇을 좋아했다. 로봇을 연구하고 만드는 사람이 되고 싶었다. 로봇을 현란하게 조종하며 작동 원리를 설명하는 종완을 보며 영찬은 씁쓸함을 느꼈다. 종완은 전교 10위권 안에 드는 성적에 손재주까지 갖춘 친구였다.

영찬은 자신을 되돌아보았다. 성적은 늘 제자리걸음이었고, 손재주와 끼도 없으며 공학적 재능도 부족했다. 세상 모두가 잘하는 것이 있는데, 자신만 할 줄 아는 것이 하나도 없다고 느꼈다. 영찬은 그런 자신이 너무도 한심했다.

정욱은 강당 맨 뒷자리에 앉아 축제 공연을 외면한 채 고개를 숙이고 휴대 전화를 바라보았다. 무대 위에서는 댄스부 친구들이 화려한 조명 아래에서 역동적인 춤을 선보였다. 빠른 음악에 맞춰 일사불란하게 움직이는 무대 위 친구들은 모두 에너지가 넘쳐 보였다. 관객들은 환호성과 함께 박수를 쏟아 냈지만, 정욱은 곧바로 시선을 돌렸다. 흥미 없다는 듯 다시 게임에 집중했다. 곧이어 밴드부의 연주가 시작되자 강당 안의 분위기가 한층 더 뜨거워졌다. 첫 곡이 흐르자 객석에서 탄성이 터졌고, 몇몇은 자리에서 일어나 박자에 맞춰 노래를 따라 부르기까지 했다. 정욱이 좋아하는 곡이 나왔지만, 여전히 눈길 한 번 주지 않은 채 휴대 전화를 만지작거렸다. 곧이어 2학년 9반의 뮤지컬 공연이 펼쳐졌다. 9반 학생들 모두 축제 무대에 섰다. 학급 회장은 반 친구 모두가 공연에 참여하도록 설득하고, 크고 작은 갈등을 해결하며 무대를 준비했을 것이다. 오랜 시간 갈고닦은 노력의 흔적이 역력했다. 좀처럼 보기 힘든 학급 전체 공연에 학생들과 선생님이 열렬한 환호를 보냈다.

그러나 정욱은 여전히 휴대 전화를 내려놓지 않았다. 무대 위 친구들의 노력과 재능을 인정하는 순간, 자신의 초라함을 뼈저리게 느낄 것만 같았다. 무대 위 친구들은 저마다 재능을 갖고 있었다. 하지만 정욱은 노래도 춤도 연주도, 심지어 리더십조차 내세울 재능이 없었다. 정욱은 자신이 형편없다고 느꼈다. 강당 문을 열고 밖으로 나왔다. 더 이상 마음이 불편해지는 걸 원하지 않았다.

# 방향을 정하면
## 속도는 중요하지 않다

　나 빼고 다른 친구들은 모두 특별한 재능을 가진 것처럼 보이나요? 그럴 때 나는 왜 잘하는 것이 하나도 없을까 생각에 빠지고 어깨가 처지죠. 하지만 재능이 없다고 생각할 때 여러분이 꼭 알아야 할 사실이 있습니다. 이번 장에서는 자존감을 떨어트리는 재능에 관한 오해를 풀어 봅시다.

　특별한 재능이 없다는 걱정과 불안은 타인과 자신을 비교하며 자신의 가치를 평가하려고 할 때 발생합니다. 이는 마치 깨진 거울에 비친 상으로 전체를 판단하려는 상황과 같습니다. 깨진 거울 조각으로는 온전한 모습이 보이지 않습니다. 누구는 어떤 재능이 뛰어난데 나는 그러한 재능이 없다고 판단하는 것은 잘못된 생각입니다. 게다가 비교 대상 대부분은 나보다 잘나거나 나아 보이는 사람이죠. 심지어 그 사람이 어떤 사람인지 잘 모른 채 비교하는 경우가 훨씬 많습니다. 어떤 사람이 재능이 있느냐, 없느냐는 주관적이고 환경의 영향도 많이 받습니다.

예컨대, 학교에서 확인할 수 있는 재능은 고작 세 가지뿐입니다. 공부를 잘하는 재능, 운동이나 예체능 재능, 그리고 사회성과 관련된 재능만 학교생활 중에 확인할 수 있습니다. 공부 재능, 예체능 재능, 사회성 재능이 재능의 전부라고 믿게 되면, 나는 재능이 한 개도 없다고 착각하게 됩니다. 꼭 기억하세요. 재능의 종류는 여러분의 생각보다 훨씬 더 많습니다.

'지능'의 종류만 해도 비판적 사고력, 문제 해결력, 창의력, 분석 능력 등 매우 다양합니다. 여기에 직업적 재능으로 확장하면 그 종류는 더 많아집니다. 글쓰기, 편집, 기획, 스토리텔링, 코딩, 데이터 분석, 금융 관리, 제조, 손기술, 상담, 협상, 고객 대응, 조직 관리 등 끝이 없죠. 재능 자체가 이렇게나 다양한데 남과 자신을 비교하며 나에게 재능이 있는지 없는지를 판단할 수 있을까요?

내가 어느 분야에 재능이 있는지 확인하는 방법은 결국 여러 경험을 하는 것밖에 없습니다. 직업 체험 센터 등을 찾아 실습에 참여하거나, 학원에 다니는 식으로요. 책을 읽거나 영상을 보며 간접적으로 경험을 하고 어떤 일에 관심을 가질 수도 있죠. 즉, 누군가와 비교해 내가 재능이 있는지 없는지를 함부로 판단해서는 안 됩니다. 청소년기에 재능을 발견하는 건 드문 행운이고, 그렇지 않은 경우가 더 많기 때문입니다.

재능에 대한 오해 한 가지를 더 풀고 갈게요. 재능이 있고 없고의 차이는 결국 '배우는 속도'의 차이일 뿐입니다. 세계적인 음악가들도 태어날 때부터 악기를 연주할 수 있는 건 아닙니다. 그들도 처음에는 도레미파솔라시도 음계를 잡는 법부터 차근차근 배워 나가서 전문가가 된 것입니다. 다만, 어떤 사람들은 배움의 속도가 남들보다 훨씬 빠릅니다. 배움의 속도가 빠를 때 우리는 재능이 있다고 합니다. 그리고 배움의 속도가 다른 사람과 비교할 수 없을 정도로 빠를 때, 우리는 그 재능을 천부적 재능이라고 합니다. 천부적 재능이 나에게 없다고 좌절하거나 천재들과 자신을 비교하며 좌절할 필요는 없습니다. 애초에 소수밖에 없으니까요. IQ가 160 이상인 사람을 일반적으로 천재라고 부르는데 이러한 '천재'는 전체 인류의 0.003퍼센트뿐입니다. 여러분, 99.9퍼센트에 자신이 속한다고 해서 속상해하는 것이 맞는 말일까요? 설마 "나는 99.9퍼센트에 속한 평범한 사람이야. 그래서 재능이 없어!"라고 말하진 않겠죠?

한 분야의 전문가가 되는 데 평균적으로 7년이 걸린다고 합니다. 물론, 한 국가를 대표할 정도의 전문가가 되려면 그보다 시간이 더 걸릴 수도 있고 때로는 천부적 재능이 필요할 수도 있습니다. 하지만 우리가 모두 0.1퍼센트의 삶을 살 수도 없고, 그렇게 살아야만 가치 있는 삶인 것도 아닙니다. 99.9퍼센트의 삶도 당연히, 그리고 충분히 가치 있는 삶입니다. 지금 당장 나에게 능력이 하나도 없는 것처럼 보여도, 꾸준히 배우고 다듬어 가면 여러분도 어떤 분야에서든 재능을 발휘하는 전문가가 될 수 있습니다. 모두 나만의 시간과 속도가 있습니다. 내가 나의 속도를 받아들일 때 진정한 성장이 시작됩니다. 조급해하지 말고 성급하게 자신을 낮춰 보지 마세요. 방향을

정하면 속도는 중요하지 않습니다. 느리든 빠르든, 여러분은
목표를 향해 나아가고 있으니까요.

### 평범한 나, 제대로 마주하기

• 나에게 재능이 없는 것 같아 좌절한 적 있나요? 언제 그런 기분을 느꼈나요?

_____

_____

_____

_____

• 재능은 다양한 경험 속에 꽃피어 납니다. (보기)를 보고 평소에 하고 싶었거나 궁금한 일을 생각해 보아요. 이 중에 하고 싶은 게 없다면 생각나는 걸 적어 보아도 좋아요.

────────( 보기 )────────

| | | |
|---|---|---|
| 달리기 | 블로그 | 그림 그리기 |
| 볼링 | 레고 조립 | 요리하기 |
| 클라이밍 | 피규어 수집 | 만화책 읽기 |
| 달리기 | 자전거 타기 | 비누 만들기 |
| 포토샵 배우기 | 마라톤 | 외국어 공부 |
| 글쓰기 | 다이어리 꾸미기 | 맛집 탐방 |
| 필사 | 식물 기르기 | 여행 사진 찍기 |

• 내가 생각하는 나의 재능을 생각해 보아요.

(예) 정리정돈을 잘한다, 나에게 어울리는 옷을 잘 찾는다, 사소한 것을 잘 기억한다, 암산이 빠르다, 칭찬을 잘한다.

• 방향을 정하면 속도는 중요하지 않아요. 내가 재능을 키우고 싶은 일이 있다면, 지금보다 더 나아질 나를 상상하며 응원의 한마디를 적어보아요.

---

---

---

---

둘

# 너와
# 화해하기

- 친구를 사귀는 일이 어색하고 어려워요
- 무례한 장난에 어떻게 반응해야 할지 모르겠어요
- 친한 친구에게 질투가 나서 마음이 혼란스러워요
- 친했던 친구와 갑자기 멀어졌어요
- 친구의 부탁을 거절하기 힘들어요
- 친한 친구와 다른 반이 되어 불안해요

# 친구를 사귀는 일이
# 어색하고 어려워요

상석은 교실 뒷자리에 앉아 무심한 척 친구들의 웃음소리를 들었다. 상석의 앞자리에 모인 아이들의 목소리가 무척 컸다. 아이들은 휴대 전화로 모바일 팀전 게임에 빠져 있었다. 한 친구가 외쳤다.

"서포터 한 명 더 필요한데! 할 사람!"

상석은 다른 곳을 보는 척하며 아이들의 휴대 전화 화면을 살폈다. 상석이 즐겨 하는 게임이었다. 다른 포지션도 잘했지만, 서포터 역시 좋아하는 포지션이었다.

"나도 같이 하자." 이 한마디가 어려웠다. 게임을 하다 보면 자연스럽게 아이들과 더 친해질 수도 있겠다는 생각이 들었다. 그러나 상석은 그 말을 꺼내지 못했다.

갑자기 친한 척하면 분위기가 어색해지지 않을까? 서포터를 구한다고 해서 들어갔는데 제대로 하지 못하면 아이들이 나를 얼마나 싫어할까? 아이들이 나를 부담스러워하지 않을까? 상석은 조용히 자리에서 일어나 교실을 빠져나왔다. 화장실은 저번 시간에 다녀왔지만, 발걸음은 다시 화장실로 향했다. 교실과 복도는 친구들과 수다를 나누는 아이들로 소란스러웠다. 상석은 이 당연한 소란을 즐기지 못하는 자신이 미웠다.

체육 시간, 준비 운동이 끝나자 체육 선생님이 자유 체육 활동 시간이라고 알렸다.

"보연아, 3반 여자애들이랑 피구할 건데, 너도 같이 하자."

반에서 인기 많고 성격 좋기로 소문난 이엘이 보연에게 다가와 말을 걸었다. 보연은 이엘과 친하게 지내고 싶었다. 먼저 다가와 말을 걸었으니 보연은 그저 짧게 "응."이라고 대답하면 될 일이었다. 이엘은 피구할 사람을 더 모아야 했다. 보연의 대답을 기다리는 동안 이엘은 지나가는 아이에게 말을 걸었다.

"인지야! 아까 피구한다고 했었지? 너 딴 데 가지 말고 기다려."

"알았어! 물만 마시고 올게!"

이엘은 다른 아이의 대답을 듣고, 다시 보연을 향해 시선을 돌렸다. 보연은 머뭇거렸다. 나쁜 생각이 몸을 타고 천천히 머릿속으로 스며드는 듯했다. '그래, 이엘이에게 나는 그리 중요한 사람이 아니야. 그냥 인원수를 채우려고 부른 거겠지. 내가 피구를 잘하지도 못하는데 왜 말을 꺼냈겠어. 만약에 내가 피구하다가 넘어지거나 실수라도 하면 분명 날 부른 걸 후회할 거야.' 머릿속에 휘몰아치는 생각은 보연의 통제를 벗어나 입 밖으로 새어 나왔다.

"미안, 오늘 속이 안 좋아서 쉴게."

"괜찮아? 보건실 가면 내가 선생님께 말씀드릴게. 다음에 같이 하자."

이엘을 뒤로한 채 보연은 그늘진 스탠드 구석에 앉아 시선을 떨군 채 휴대 전화만 만지작거렸다. 운동장에는 아이들의 땀과 웃음이 흘렀고, 스탠드에는 보연의 옅은 한숨과 고요함만이 흘렀다.

# 다가가는 것부터
# 시작하기


　친구들 사이에서 들리는 웃음소리에 일부러 다른 곳으로 발걸음을 돌려 본 적이 있나요? 친구들과 나 사이에 보이지 않는 벽이 있는 것 같고 나도 저 웃음소리의 주인공이 되고 싶지만, 막상 다가가 말을 걸려 하면 심장이 뜁니다. 소리는 목을 지나 입술까지 닿았지만 가벼운 인사조차 나누기 힘들죠.

　관계 맺는 일에 대한 불안은 눈 덮인 산꼭대기에서 굴린 돌멩이가 커다란 눈덩이로 불어나듯 점점 커집니다. 하지만 지금 여러분의 고민은 오히려 여러분을 더 깊이 있는 사람, 믿음 가는 친구, 배려심 넘치는 동료로 성장시킬 수 있습니다. 자신의 입장만 고집하지 않고 다른 사람의 입장과 생각을 배려할 줄 아는 사람은 어느 곳에서든 인기가 높을 수밖에 없습니다. 봄날에 꽃이 피기 직전의 순간이 가장 추운 법입니다. 여러분은 자신이 생각하는 것보다 훨씬 더 멋진 친구라는 사실을 기억하세요.

내가 말을 걸면 불편하게 생각할 거야, 나를 이상한 아이로 오해하고 싫어하면 어떡하지?라는 생각은 '자동적인 부정적 사고'에서 비롯된 심리 상태입니다. 우리가 의식하지 못한 사이에 뇌에서 자동으로 부정적인 생각이 떠오르는 현상이죠. 이런 생각이 자꾸 쌓이면 세상과 자신을 바라보는 부정적인 관점이 틀처럼 고정됩니다. 나 자신을 낮추어 보게 만들어 자존감을 떨어트리죠. 친구가 먼저 다가와 웃으며 인사해도 나한테 필요한 게 있어서 그러는 것이라고 경계하거나 조별 활동을 하다가 내 의견을 친구가 물어보아도, 일부러 내가 모르는 것을 물어서 망신 주려고 그러는 거라며 부정적인 생각에 빠져들게 됩니다.

부정적인 사고를 바꾸기 위해서는 메타 인지가 필요합니다. 메타 인지는 자신의 생각에 대해 다시 생각하는 능력을 말해요. 생각의 생각이죠. 부정적인 생각이 올라오면 지금 그 생각이 사실인지 다시 한번 생각해 보는 겁니다. 내가 상대방의 의도를 오해하고 나 자신을 깎아내리는 것이 아닌지 반문해 보는 거죠. 메타 인지를 통해 부정적인 생각과 평가를 미리 없앨 수 있습니다. 다른 사람을 대할 때 여러분을 괴롭혔던 부정적인 사고에서 벗어날 수 있죠.

지금까지 친구를 사귀는 일이 어렵다고 해서, 앞으로도 평생 다른 사람과 어울리는 일이 힘들 것이라 할 수 없습니다. 사회성은 유전적으로 타고나는 능력이 아닙니다. 경험과 학습을 통해 발달하는 후천적인 능력입니다. '친구를 사귀는 일에 에너지를 많이 쓰는 나는 앞으로도 평생 새로운 사람을 사귀는 일에 어려움을 겪을 것이다'에 대한 근거는 어디에도 없습니다. 그러니 함부로 "나는 평생 이렇게 친구 없이 지낼 운명이야."라고 정하지 마세요. 청소년기는 실수와 실패의 시기라고 했죠? 다양한 친구들을 만날 수 있는 학교생활을 적극적으로 이용해 보세요. 어쩌면 마음에 맞는 소울메이트를 만날 수도 있을 거예요.

이제는 조심스럽게 한 걸음을 내디뎌 볼 시간입니다. 가벼운 주제로 대화를 터 보면 어떨까요? 짧은 대화만으로도 의미 있는 시작이 될 수 있습니다. "이번 단원 너무 어려운 것 같아.", "오늘 급식 정말 맛있었어." 이런 작은 말 한마디가 새로운 관계의 문을 여는 열쇠가 됩니다. 짧은 대화는 자연스럽게 새로운 대화의 씨앗이 되고, 이런 대화들이 모여 더 깊은 이야기로 이어지는 거죠. 또 친구들은 내가 생각하는 것만큼 말 걸기에 큰 의미를 두지 않습니다. 그저 반 친구가 건네는 자연스러운 대화로 받아들일 뿐입니다. 조금씩 대화를 나누면서 친구와의 거리를 좁혀 나가 보세요. 인생은 실전이고, 관계는 내가 움직여야지 맺어집니다. 처음에는 어색할 수 있지만, 한번 대화를 시작하면 자연스럽게 이야기가 이어질 것입니다.

평소에 좋아하고 즐기는 것들을 중심으로 다양한 활동에 참여하는 것도 좋은 방법입니다. 동아리, 학급 프로젝트, 스터디 등 공통의 관심사는 대화에서 가장 중요한 연결고리가 됩니다. 함께 활동하며 나누는 대화는 자연스럽고 편안합니다. 서로의 취향과 성향을 이해하고 공감하는 과정에서 새로운 관심사를 발견할 수도 있죠. 마지막으로, 새로운 관계를 더 발전시키고 싶다면 솔직해지세요. 진정한 자신을 보여 줄 수 있을 때, 다른 사람과 더 깊이 있고 편안한 관계를 맺을 수 있습니다.

## 평범한 나, 제대로 마주하기

• 새로운 관계를 맺는 것이 어색하다면 작은 것부터 시작하면 어떨까
요? 아래 표를 보고, 오늘 할 수 있는 것을 생각해 보아요.

밝게 인사하기

칭찬하기

공통점 찾기

간식 나눠 먹기

좋아하는 것
공유하기

시간표
알려 주기

친구 말에
공감해 주기

필기구 빌려주기

먼저 말 걸기

• 친구를 사귈 때 가장 두려운 점이 무엇인가요? 마음속 불안을 마주
해 보아요.

_____

_____

_____

# 무례한 장난에 어떻게
# 반응해야 할지 모르겠어요

이안은 요즘 철민의 장난 때문에 심한 스트레스를 받고 있다. 철민은 이안이 작은 실수를 할 때마다 친구들 앞에서 공개적으로 면박을 주며 아이들의 웃음을 유도했다. "아까 이안이 축구할 때 넘어지는 거 봤냐? 완전 관절이 반대로 꺾이는 줄 알았어. 로봇이야?" 철민이 이안을 놀리면 아이들은 깔깔 웃으며 맞장구쳤다. 이안이 화를 내며 그만하라고 하면, 화내는 모습이 웃기다며 더 놀리기 시작했다. 발표할 때 떨었던 이야기, 고백했다가 거절당한 이야기, 게임하다 실수한 이야기를 연달아 꺼내며 더욱 화를 돋웠다.

이안은 정색하며 그만하라고 했다. 그러면 그만할 줄 알았다. 하지만 철민은 이안이 삐졌다며 장난인데 정색하냐고, 남자답지 못하다고, 그렇게 발끈하면 자신의 말을 인정하는 거라며 더욱 심하게 놀렸다. 이안은 화를 낼 수도, 참을 수도, 피할 수도 없었다. 더 정색하면 함께 지냈던 친구들과도 멀어질까 봐 이안은 오늘도 화를 참았다. 내일도 화를 참아야 하는 것일까, 마음이 복잡했다.

송희는 카톡 메시지를 확인하다가 얼굴이 붉어졌다. 5교시 자습 시간에 책상에서 졸던 모습을 혜미가 몰래 찍어서 단톡방에 올렸다. 팔짱을 긴 채 고개를 뒤로 제끼며 입을 벌리고 자는 모습이었다. 부끄러웠다. 이런 사진을 올리는 이유가 뭘까. 혜미는 "송희 정말 귀엽지 않아? ㅋㅋㅋ"라고 메시지를 남겼고, 단톡방 친구들은 깔깔 웃는 이모티콘을 우르르 올렸다. "왜 남의 사진을 마음대로 올리는 거야?"라고 메시지를 남기고 싶었지만 그러지 못했다. 친구의 장난에 예민하게 반응한다고 할 것 같아서였다. 혜미는 송희의 볼 부분을 확대해서 캡처한 사진을 톡에 올렸다.

"송희야, 요새 공부하느라 피부 관리도 못하지 ㅠㅠ. 우리 언니가 나 쓰라고 준 거 있는데 너도 좀 나눠 줄까? 내일 학교에 가져갈게." 혜미의 메시지에 단톡방은 또 한바탕 메시지가 올라왔다.

어떻게 답해야 할지 송희는 혼란스러웠다. 불편한 마음이 든 것은 분명했지만 뭐라고 말해야 할지 몰랐다. 혜미는 송희의 배 부위를 확대하여 캡처한 사진을 올렸다.

"교복 입고 엎드리면 불편하지 않아? 다음엔 체육복 입고 자…." 혜미는 송희를 걱정하는 듯한 메시지를 올렸지만 송희는 수치스럽고 화가 났다. 하지만 송희는 아무런 메시지도 남기지 못했다. 단톡방 친구들도 장난이라고 생각할 텐데 내가 너무 예민한 건 아닌지 생각했다. 당장이라도 단톡방에서 나가고 싶었지만 아이들과 멀어질까 봐 걱정됐다. 결국 송희도 "ㅋㅋㅋ" 글자를 남기고 전원을 껐다.

# 서로의 경계를 지킬 때
# 더욱 돈독해지는 관계

    그냥 장난인데 왜 화를 내냐며 정색하는 친구의 태도가 불편하게 느껴진 적이 있나요? 내가 싫어하는 별명을 계속 부르거나, 다른 친구들 앞에서 내 약점을 이야기하며 웃음을 유도하거나, 하지 말라고 해도 여러분이 싫어하는 불편한 행동과 말을 할 땐 생각이 복잡해집니다. 내가 과민하게 반응하는 건 아닌지 고민하며 속으로 삭히거나, 화를 내면 분위기가 어색해질 것 같아 참아 넘기지만 계속 참아도 장난은 멈추지 않고, 다른 친구들까지 나를 무시하는 듯한 기분이 듭니다.

    청소년기에는 친구 관계를 매우 중요하게 여깁니다. 관계를 해치고 싶지 않아 친구의 과한 장난도 참고 넘어가는 일이 흔하죠. 하지만 장난이 점점 심해지고 동참하는 친구들이 늘어

나면, 이제는 나에게 문제가 있다는 생각까지 듭니다. 여러분이 이러한 상황에서 불편함을 느끼고 고민하는 것은 건강한 자아를 가진 증거입니다. 존중받고 싶고 자신의 가치를 지키고 싶다는 마음을 가진 것입니다. 이번 장에서는 관계 속에서 경계를 지키는 법을 배워 보겠습니다.

관계에서 안정감과 존중을 원하는 마음은 인간의 기본적인 욕구입니다. 그만하라는 말을 무시하며 장난을 계속하는 행동은 여러분을 존중하지 않고 여러분의 개인적인 영역을 침범하는 행동으로 볼 수 있습니다. 이러한 행동이 계속되면 그 친구를 마주하는 것만으로도 불편하죠. 이는 예민해서가 아니라, 나의 내면에서 보내는 중요한 신호입니다. 자신의 영역을 침범당하기 싫다는 신호가 불편함으로 표현된 것이죠. 여러분 자신의 영역과 가치는 친구 관계보다 더 소중합니다. 당장의 관계 유지보다 자존감을 지키는 일은 무엇보다 중요하죠.

가장 먼저 할 일은 의사 표현입니다. 친구에게 여러분의 감정을 솔직하고 차분하게 전달하세요. 이는 서로의 거리를 지키고 건강한 관계를 맺기 위해 꼭 필요한 과정입니다. 청소년기의 경험은 이후 모든 대인 관계의 토대가 됩니다. 축구 경기에서 수비를 하다 보면 몸싸움이 벌어집니다. 규칙이 허용한 범위에서 수비수와 공격수는 상대를 밀고 당기며 공을 뺏거나 막으려 합니다. 하지만 규칙이 정한 선을 넘으면 파울이 선언되고 심한 경우 퇴장을 당합니다.

친구 관계에서도 유쾌한 장난과 불편한 장난 사이의 경계를 명확히 해야 합니다. 그 경계선을 정하는 건 장난을 치는 쪽이 아닌, 장난으로 불편함을 느끼는 사람입니다. 축구 시합에는 정당한 몸싸움과 반칙 사이에 명확한 경계가 있습니다. 그 경계가 존재하기에 박진감 넘치게 시합할 수 있습니다. 마찬가지로 친구 사이에서도 넘지 말아야 할 선을 분명히 하면 서로를 존중하는 관계가 될 수 있습니다.

그렇다면 어떻게 마음을 전해야 할까요? 친구에게 상처를 주지 않으면서 나의 마음을 분명히 전달하는 '비폭력 대화법'을 소개합니다. 비폭력 대화법은 관찰-감정-필요-요청, 4단계로 이루어진 화법이에요. 예를 들어 볼게요.

**관찰** : 네가 나에게 _____한 장난을 할 때마다

**감정** : 나는 무시당하는 것 같아서 속상하고 화가 나.

**필요** : 우리가 서로 존중하면서 지내는 친구 사이가
되었으면 좋겠어.

**요청** : 앞으로는 _____한 장난을 하지 말아 줘.


대화법을 사용해 진심을 표현하는 일이 처음에는 어색하고 어려울 수도 있습니다. 그래도 꼭 해 보세요. 마음을 표현하는 것으로 나의 일은 충분합니다. 친구가 이를 이해하고 진심으로 사과한다면 더욱 돈독한 사이로 발전할 수 있습니다. 하지만 그렇지 않다면 과감하게 관계를 끊어 내야 합니다.


진심을 전했지만, 친구가 여전히 달라지지 않거나 더 심하게 놀린다면 이제 다른 선택을 할 차례입니다. 그 친구와의 관계를 정리하세요. 나의 진심을 알고도 계속 무시하거나 나의 고통을 자신의 즐거움으로 삼고 있다면, 그런 관계는 더 이상 친구라고 부를 수 없습니다. 진정한 친구라면 서로를 배려할

줄 알아야 합니다. 한쪽이 상처를 받고 그 상처를 보며 즐거움을 느끼는 관계는 결코 친구라고 할 수 없습니다.

세상에서 가장 소중한 존재는 바로 나입니다. 여러분은 존중받을 가치가 있습니다. 서로의 자존감을 지켜 주고 신뢰를 주고받아야 진정한 친구지요. 친구가 이를 존중해 주지 않는다면 안타깝고 슬프지만, 더는 친구일 수 없습니다.

관계를 정리하겠다고 마음먹었다면, 이번에도 차분하고 명확하게 여러분의 생각을 전달하세요. 비난, 미움, 분노, 슬픔을 거두고 담담하게 나의 선택을 전하는 겁니다. 건강하지 않은 관계를 정리할 줄 알아야 건강한 관계를 맺을 수 있습니다. 당장은 관계 정리가 여러분을 더 힘들게 할지도 모릅니다. 하지만 여러분이 더 성숙한 대인 관계를 맺는 데 큰 밑거름이 될 겁니다.

분명 친구는 소중한 존재입니다. 하지만 진정한 친구라면 상대방도 소중한 존재라는 것을 알고 있습니다. 누군가의 놀림감이 되지 않을 권리와 내 감정을 전할 권리, 그리고 필요할 땐 관계의 경계를 분명히 할 권리가 여러분에게 있습니다.

### 평범한 나, 제대로 마주하기

• 친구의 장난으로 마음이 불편했던 적이 있나요? 어떤 상황이었나요?

 

 

 

 

• 그때 어떤 감정이 들었나요?

 

 

 

 

- 다음번에 친구가 나의 경계를 침범했을 때 어떻게 마음을 전할지 비폭력 대화법으로 말을 정리해 보아요.

관찰 : 네가 _____할 때마다

감정 : _____기분이 들었어.

필요 : (예) 나를 배려해 주면 좋겠어.

요청 : 앞으로는 _____해 줘.


- 친구가 건들지 말아야 할 여러분만의 영역이 있나요? 마음이 불편하거나 화가 났던 순간을 떠올려 보세요.

_____

_____

_____

_____

# 친한 친구에게 질투가 나서
# 마음이 혼란스러워요

이현은 언제나 예지와 함께이다. 둘은 유치원 때부터 동네 친구였다. 예지가 수업 내용을 질문하러 교무실에 같이 가자고 했다. 그날따라 햇살이 유난히 눈부셨다. 복도 창문으로 들어온 빛이 예지의 하얀 피부를 더욱 환하게 만들었다. 이현은 예지의 얼굴을 올려다보며 오늘 피부가 더 좋아 보인다고 칭찬했다. 예지는 피식 웃고서 교무실 문을 열었다. 예지는 수업 시간에 궁금했던 점을 깔끔하게 정리하여 질문했다. 선생님은 엄지를 치켜세우며 예지를 칭찬했다.

"예지는 벌써 다음번 수업 내용을 질문하네. 항상 열심히 하는 모습이 보기 좋다."

선생님은 질문을 잘하거나 적극적으로 대답하는 학생에게 늘 사탕을 선물로 주었다. 예지가 사탕을 3개 받았다. 선생님은 이현을 힐끔 보더니 조용히 사탕 3개를 쥐어 주었다.

"우리 이현이도 수업 시간에 열심히 잘 듣고 있으니까 여기 사탕!"

선생님 책상 위에 놓인 커다란 탁상 거울에 이현의 얼굴이 비쳤다. 이현은 예지의 얼굴을 올려다보며 교실로 돌아갔다.

공부도 잘하고, 얼굴도 예쁘고, 키도 크고, 성격도 좋아서 인기도 많은 예지. 선생님들도 모두 예지를 좋아한다. 교실로 돌아가는 동안 이현의 마음에 작은 균열이 났다.

찬희는 언제나 빛이 나는 친구다. 전교 회장에, 사교적이고, 운동도 잘해서 체육 대회가 열리는 날엔 항상 활약했다. 여학생들한테 인기도 많았다. 선생님들도 찬희를 칭찬하며 아꼈다. 찬희의 단짝인 태훈은 자신이 평범하다고 생각했다. 찬희처럼 리더십이 있는 것도 아니었고, 공부를 특별히 잘하는 것도 아니었다. 말주변도 부족했고, 사람들 앞에 나서는 것도 부담스러웠다. 누군가의 주목을 받는 일은 자신과 거리가 멀다고 느꼈다. 하지만 글을 쓸 때만큼은 자신감이 있었다.

어렸을 때부터 책을 읽는 것도, 글을 쓰는 것도 좋아했다. 웹 소설 작가가 되어 자신의 이야기가 드라마로 방영되는 꿈을 꾸며 열심히 글을 썼다. 또래 중에서는 자신이 글을 제일 잘 쓸 거라고 믿었다. 어느 날, 국어 선생님이 수필 쓰기를 한다고 말씀하셨다. 수행 평가에도 반영되니 최선을 다해 써 보라고 하셨다. 태훈은 옅은 미소를 지으며 빈 종이를 채워 나갔다. 선생님이 채점하시면서 자신의 실력을 인정해 주실 거라는 기대에 기분이 설렜다. 수행 평가 점수가 높게 나오면 성적에도 도움이 될 거라는 생각이 들었다.

그리고 일주일이 흘렀다. 태훈은 교실로 향하다가 2층 복도 게시판에 찬희의 수필이 걸려 있는 것을 보았다. 수필 아래에는 국어 선생님의 추천사가 적혀 있었다. 청소년 수준을 넘어선 전문 작가의 감성이 느껴진다는 극찬이었다. 태훈의 마음이 복잡해졌다. 적어도 글쓰기만큼은 자신 있었는데, 이것마저 찬희보다 부족한 걸까, 생각이 뒤엉켰다. 찬희의 수필을 보던 다른 친구들은 "와, 찬희는 글까지 잘 쓰네."라며 감탄했다. 태훈은 자신이 점점 작아지는 기분이 들었다.

# 질투라는 감정
# 제대로 마주하기

친구와 자신의 성적을 비교하며 표정을 관리하지 못한 적
이 있나요? 발표 수업, 토론 수업, 체육 대회 등 학교 행사에
적극적으로 참여하는 친구를 보며 멋지고 자랑스럽다는 생각
이 들면서도 질투심이 올라올 때도 있었을 겁니다. 그럴 땐 축
하하는 마음과 속상한 마음이 뒤섞여 복잡한 감정에 빠지지
요. 지금 여러분이 느끼는 이 감정은 친구와 자신을 계속 비
교하며 자신감을 떨어트리고 급기야 친구와 예전같이 편하게
지내기 어렵게 합니다. 그렇다고 복잡한 감정을 억누르고 애
써 외면하려 할수록 친구를 아끼는 마음, 자신을 탓하는 마
음, 그리고 친구에게 지기 싫다는 마음이 엉키며 마음이 더
무거워지죠.

우리는 자신의 능력을 평가할 때 타인과 비교하곤 합니다. 이는 인간의 자연스러운 본성이며, 세상이 누군가를 평가하는 방식이기도 합니다. 타인과 자신을 비교하면 자신의 상태를 객관적으로 확인할 수 있습니다. 상대적으로 부족한 부분을 찾아내어 개선하고, 더 발전할 수 있게 단점을 보완할 수도 있죠.

다만 타인과 자신을 반복적으로 비교하면 부정적인 영향을 받습니다. 95점을 받아도 100점을 받은 친구와 비교하며 좌절하고, 교내 대회에서 우수상을 받아도 최우수상을 받은 친구와 비교하며 실패했다고 생각합니다. 비교 시스템이 빨라지고 자동화될수록 자존감은 점점 더 무너집니다.

더욱이 친한 친구에게 질투심을 느낄 때는 더욱 복잡한 마음이 들겠죠. 마음을 나눌 수 있는 친구를 경쟁 상대로 의식하게 되고, 친구의 실패나 실수를 마음속으로 바라는 자신의 모습에 자괴감도 느낄 겁니다. 하지만 이런 감정을 느끼는 것에 너무 자책하지 마세요. 친구 사이의 질투는 자연스러우면서도 특이한 구석이 있습니다.

한 뇌 과학 연구에 따르면 친구 사이일수록 어떤 상황에 대한 뇌의 신경 반응이 비슷하게 나타난다고 합니다. 즉, 친한 친구와 여러분은 비슷한 사고방식과 가치관을 공유한다는 뜻입니다. 친한 친구를 자신과 비슷한 존재로 인식하는 만큼 친한 친구가 자신보다 앞서거나 성공하는 모습을 보면 상대적으로 뒤처졌다는 느낌을 강하게 받겠죠.

그렇다면 질투라는 감정에서 벗어날 수는 없는 것일까요? 질투가 날 때 이 세 가지를 기억하세요. 내 감정 인정하기, 잠시 거리 두기, 성장의 기회로 삼기. 질투심은 억누를수록 더욱 커집니다. 감정을 부정하기보다 인정하는 것이 감정 조절에 훨씬 효과적입니다. "나는 왜 이렇게 속이 좁을까?"라고 자책하기보다, "아, 나는 지금 친구를 질투하고 있구나." 하고 솔직하게 자신의 마음을 받아들이는 게 시작입니다.

그다음엔 친구와 잠시 거리를 두세요. 일부러 친구의 연락을 피하라는 뜻이 아니라, 마음을 정리할 시간을 가져 보라는 의미입니다. 억지로 괜찮은 척하기보다 감정이 정리될 때까지 자신에게 여유를 주세요. 혼자만의 시간을 늘리고, 연락을 줄이는 겁니다. 친구와 멀어질까 봐 걱정될 수도 있지만, 지금 가장 중요한 것은 복잡한 마음을 정리할 시간을 갖는 것입니다.

마지막으로 친한 친구에게 질투를 느낀다면, 그것은 여러분도 같이 성장하고 싶다는 뜻입니다. 질투가 목표를 설정하는 동기가 되는 거죠. 친구의 어떤 점이 부러운지, 그리고 여러분이 어떤 모습이 되고 싶은지 자신에게 물어보세요. 질투심은 단순한 부러움이 아니라, 내가 성장하고 싶은 방향을 깨닫게 해 주는 신호가 될 수 있습니다.


질투는 누구나 느낍니다. 친구에게 질투를 느낀다면, 그냥 인정하면 그만입니다. 강한 감정을 가볍게 받아들일 때, 오히려 감정의 강도는 점차 줄어듭니다. "맨날 나랑 놀던 친구가 갑자기 공부를 하더니 높은 성적을 받아서 부끄럽기도 하고 질투도 났어.", "나는 발표할 때마다 얼굴이 빨개지는데 친구는 하나도 긴장하지 않고 멋지게 해내는 모습에 질투가 났어." 이런 나의 속마음을 인정할 때 오히려 후련해집니다. 속으로 생각하는 것에서 더 나아가 마음을 적어 보는 것도 도움이 될 거예요. 어떤 방법이든 솔직한 감정을 있는 그대로 인정할 때, 그 감정에서 점차 벗어날 수 있습니다.

하지만 질투는 생명력이 강한 감정이라 하루아침에 사라지지 않습니다. 그때 속 좁은 친구라고 자책하기보다 질투를 느끼는 건 자연스러운 일이라고 나의 감정을 보듬어 주세요.

그러다 보면 친구의 발전이 여러분을 위축시키는 것에서 더 나아가 나도 저렇게 해 봐야겠다는 긍정적인 자극으로 변해 갈 수도 있습니다. 즉, 질투라는 감정을 어떻게 사용하느냐에 따라 좌절과 자책에 빠질 수도 있고, 반대로 나를 성장시키는 데 활용할 수도 있는 거죠.

다만 질투를 의욕으로 승화하기 위해 여러분이 지켜야 할 중요한 것이 있습니다. 바로 질투하는 친구가 목표가 아닌 지금의 나보다 더 나은 나를 목표에 두어야 합니다. 그 과정에서 내가 잘 못해도 나에게 이렇게 말해 줄 수 있어야 합니다. "내가 잘나도, 못나도 난 있는 그대로의 나를 사랑할 거야. 비록 지금은 부족한 점이 있더라도, 난 여전히 날 믿어."

세상에는 질투조차 안 나는 이상한 사람들이 많습니다. 그런데 질투 날 정도로 긍정적인 영향을 주는 사람이 친구라니, 참 감사한 일입니다. 그리고 여러분이 표현하지 못했던 것처럼, 누군가는 분명 여러분을 질투하고 있을 겁니다. 우리는 그렇게 서로에게 건강한 질투의 대상일지 모릅니다. 이 글을 쓰면서도 저는 "와, 내 글을 읽는 독자들은 나보다 몇십 년은 먼저 이 깨달음을 알았네. 독서를 즐긴다는 건데 나는 그러지 못했네." 하고 질투하고 있습니다. 그러니 우리 모두 건강하게 질투하며 살아갑시다. 서로 좋은 영향을 주고받는 친구가 되어 줍시다.

### 평범한 나, 제대로 마주하기

• 내 안의 질투는 어떤 모습인가요? 질투 났던 경험을 솔직하게 털어놓아요.

　　ㅇ 친구에게 질투를 느꼈던 순간을 떠올려 보세요.


　　ㅇ 어떤 부분에서 질투를 느꼈나요?


　　ㅇ 그때 나는 어떻게 행동했나요?


　　ㅇ 당시에 느꼈던 솔직한 감정을 적어 보아요.

## 질투 일기

년          월          일 / 날씨 :

_____

_____

_____

_____

_____

_____

_____

_____

_____

_____

_____

_____

# 친했던 친구와 갑자기
# 멀어졌어요

주희는 교실에 들어서다가 혜은과 마주쳤다. 심장이 순간 덜컹였다. 혜은은 주희를 투명 인간처럼 스쳐 지나갔다. 불과 몇 주 전까지만 해도 혜은은 주희에게 가장 소중하고 친한 친구였다. 2학년에 올라가 같은 반이 될 확률을 높이기 위해 선택 과목까지 서로 맞췄던 사이였다. 함께 급식을 먹고 수행 평가를 준비하는 건 물론, 주말에 스터디 카페에 가고 소풍과 체육 대회에서도 언제나 함께했다. 그런데 언제부턴가 혜은은 주희를 완전히 모르는 사람처럼 대했다.

점심시간이 되었다. 주희는 급식실에 일부러 늦게 내려갔다. 대부분의 아이들이 급식을 절반 이상 먹었을 때 주희는 급식실의 빈자리를 찾았다. 구석에 앉아 숟가락을 들었지만, 밥이 목에 걸린 듯 잘 넘어가지 않았다. 멀리서 너무도 익숙한 웃음소리가 들려왔다. 혜은은 친구들과 수다를 나누며 밥을 먹고 있었다. 혜은과 주희의 시선이 살짝 스쳐 지나갔다. 하지만 혜은은 곧바로 옆자리에 앉은 친구에게 다시 미소를 지으며 수다를 이었다. 혜은과 함께 밥을 먹고 있는 친구들은 주희와 사이가 먼 친구들이었다.

카톡 알림이 울렸다. 학급 회장의 수행 평가 공지 메시지였다. 창을 닫자 혜은과의 대화 창이 보였다. 대화 창을 열었다.

"왜 그래?"

"요즘 무슨 일 있어?"

"내가 잘못한 게 있다면 말해 줘."

주희가 보낸 메시지에는 숫자 1이 사라지지 않았다. 혜은은 주희가 보낸 메시지 수십 개를 읽지도 않았다.

"혜은아, 이유는 모르지만 만나서 이야기하자."

대화 창에는 주희가 입력만 해 두고 보내지 못한 메시지가 덩그러니 남아 있었다. 밥이 더는 넘어가지 않았다. 주희는 식판을 정리하고 화장실로 향했다.

마치 내 안의 무언가가 한 겹씩 사라져 가는 것 같았다. 날카로운 아픔이 밀려왔다. 도대체 나에게 왜 이런 일이 벌어진 건지, 왜 이렇게 된 건지 누군가 알려 주길 간절히 바랐다.

# 갑자기 변한 친구 사이
# 잘 받아들이는 법

　친했던 친구와 갑자기 멀어진 적이 있나요? 보낸 메시지에 답장이 점점 늦어지더니, 어느 순간부터는 아예 읽지도 않습니다. 복도에서 마주쳤을 때 인사도 없이 내 앞을 지나가며, 다른 친구들과 즐겁게 수다를 떨고 여러분을 투명 인간처럼 대합니다. 이 모든 일이 갑작스럽게 벌어져 당황스럽기만 합니다.

　친했던 친구가 이유 없이 갑자기 멀어지는 경험은 일상을 통째로 흔들어 놓습니다. 다른 친구들을 대할 때도 이 친구도 갑자기 날 멀리할지 모른다는 불안감과 걱정이 계속 머릿속을 맴돌죠. 반복되는 불안 속에 다른 사람과의 관계에서 거리를 두고, 친구를 사귀는 것 자체를 포기하고 싶어질 수도 있습

니다. 전혀 예상하지 못했던 친구의 행동, 도대체 어떻게 해야
할까요?

　내가 무엇을 잘못했기에 친구가 갑자기 멀어졌는지 아무리
생각해 봐도 이유를 알 수 없을 땐 마음이 답답합니다. 결국
내가 못나서, 큰 잘못을 했기에 버림받은 것이라며 자책까지
하게 되죠. 하지만 청소년기에는 이런 상황이 자주 벌어집니
다. 뇌가 발달하고 사회적 경험이 쌓여 가며 겪는 자연스러운
현상이죠. 여러분의 탓도 아니고, 그 친구의 탓도 아닙니다.
그러니 자신을 탓하는 마음과 친구를 향한 미움을 잠시 내려
놓으세요.

　청소년기에는 뇌가 급격히 발달합니다. 특히 전두엽이 빠른
속도로 성장하면서 친구 관계에 관한 관점, 자아에 대한 인식
과 평가가 느닷없이 변하기도 합니다. 전두엽은 '나'란 어떤 존
재인지 확인하고 주도적으로 행동을 계획하며, 다양한 정보
를 재해석하고 감정과 욕구를 조절하는 일을 합니다. 전두엽
은 뇌에서 매우 중요한 역할을 맡고 있지만, 다른 부분에 비해

천천히 성숙합니다. 감정을 조절하는 변연계는 초등학교 고학년 무렵에 완성되지만 이와 달리 전두엽의 발달은 20대 중반까지 이어집니다.

전두엽이 발달할수록 자기가 겪은 경험을 토대로 '새로운 나'를 만들고자 하는 마음이 커집니다. 새로운 나에게 어울리는 조건들에 호감을 느끼고, 그렇지 않은 것에는 거부감을 느낍니다. 하지만 청소년기에는 행동을 통제하는 전두엽보다 감정을 처리하는 변연계의 영향을 더 많이 받기 때문에 충동적인 선택을 자주 하게 됩니다. 이 과정에서 친했던 친구와 갑자기 멀어지는 경우가 매우 많습니다.

2016년에 발표된 발달 심리학 연구에 따르면 약 50퍼센트의 학생이 1년 안에 친구 관계의 변화를 겪으며, 약 절반 정도의 청소년은 1년 동안 친구 관계를 유지하지 못한다고 합니다. 한 발짝 물러서서 내가 겪는 상황을 객관적으로 바라보세요. 좋은 친구를 만드는 것만큼, 관계를 유지하는 것도 쉽지 않습니다.

상황은 쉽게 바꿀 수 없지만, 이 상황이 여러분의 마음을 단단하게 할 수는 있어요. 실제로 많은 청소년이 급작스러운 관계 변화를 겪으며 성숙해집니다. 서로의 다름을 인정하는 법을 배우고, 시간이 지나서 다른 친구와 다시 깊은 우정을 나누죠.

친했던 친구와 갑자기 멀어지면 어색하고 불편한 상황이 펼쳐집니다. 그럴 때는 평소처럼 나의 일상에 집중하는 게 좋습니다. 한 교실에는 원래 특별히 친하지 않은 친구들이 있죠. 그 친구들을 대할 때처럼 자연스럽게 지나가 보세요. 조별 수업이든 복도에서 마주칠 때든 애써 피하지 말고 각자 할 일을 하면 됩니다. 눈이 마주치면 가볍게 인사를 해도 좋고, 적당히 무시해도 됩니다. 인사를 안 받아 주면 그냥 그러려니 하세요. 인사를 받아 주지 않는 건 아직 감정 정리가 되지 않았다는 뜻일지도 몰라요. 시간이 지날수록 슬픔과 어색함은 점점 흐려지고 무뎌집니다. 여러분도 자연스럽게 다른 친구들과 친해져 갈 겁니다.


이때 여러분이 주의할 점이 두 가지가 있습니다. 첫째, 옛 친구에게 보란 듯이 그 친구와 사이가 안 좋은 무리와 의도적으로 친하게 지내려 하지 마세요. 당장은 속이 후련할지도 모르지만, 파벌 싸움이나 신경전으로 번지기 쉽습니다. 나를 위해 맺는 관계도 아니고요. 동아리 활동이나 조별 활동 등을 통해 내가 친해지고 싶은 친구들과 새로운 관계를 맺어 보아요. 둘째, 언제 어디서든 절대로 친구 흉을 보지 마세요. 이야기는 돌고 돌아 어떻게든 당사자 귀에 들어가게 되어 있습니다. 흉을 보는 순간 옛 친구는 현 원수가 됩니다. 그러면 학교생활이 서로 피곤해집니다. "너희 둘이 원래 친하지 않았어?"라는 질문에는 "응." 하고 짧게 답한 뒤 대화 주제를 바꾸면 됩니다. "이번에 학교 앞에 새로 생긴 떡볶이집 맛있다던데, 가 봤어?" 이렇게요.

무시받고 거절당하는 경험은 마음에 큰 상처를 남깁니다. 그때 여러분이 어그러진 관계를 회복하기 위해 무리하기보다 자신의 마음을 잘 다독여 주면 좋겠습니다. 이 일을 소홀히 하면 마음속에 큰 흉터가 집니다. 시간이 지나면 자연스럽게 흘러갈 일입니다. 마음에 미움과 자책을 채우는 대신, 더 나은 우정을 생각하며 나아가는 여러분을 응원합니다.

### 평범한 나, 제대로 마주하기

• 친했던 친구와 멀어진 경험이 있나요? 그때 느낀 감정을 솔직하게 적어 보아요.

---

---

---

• 친구와 갑자기 멀어져서 슬픈 나에게 하고 싶은 말이 있나요? 자책하거나 원망하는 말 대신 새로운 관계를 향한 응원을 건네 보세요.

---

---

---

• 아리스토텔레스는 '친구들에게서 기대하는 것을 친구들에게 베풀라.'라는 말을 남겼습니다. 여러분은 다른 이에게 어떤 친구가 되고 싶나요?

---

---

---

# 친구의 부탁을
# 거절하기 힘들어요

드디어 모든 수업이 끝났다. 담임 선생님은 일이 있으신지 아직 종례하러 교실에 오지 않으셨다. 종례를 기다리며 정성은 스터디 플래너를 살폈다. 오늘 끝내야 할 일이 너무 많았다. 국어 연극 대본 수행 평가 마무리하기, 과학 실험 보고서 작성 완료하기 등 급한 일이 산더미였다. 이미 벅찼는데, 학원 수업이 끝난 뒤에야 손을 댈 수 있었다. 학원에 일찍 가서 수업이 시작되기 전에 자습실에서 최대한 해 놓아야 오늘 조금이라도 일찍 잘 수 있을 것 같았다. 그때 상웅이 들뜬 목소리로 정성을 유혹했다.

"정성아, 이따가 승급전 하러 가는데 같이 가자. TI 피시방에서 오늘 컵라면 이벤트도 한다고 하더라. 학원 근처라 조금 하다가 바로 학원 가면 될 듯?"

정성은 피시방에 갈 여유가 없었다. 그때 담임 선생님이 들어오셨다. 상웅은 후다닥 자리로 돌아가면서 엄지로 뒷문을 가리켰다. 끝나자마자 피시방으로 튀어 오라는 표정과 몸짓이었다.

'안 돼. 오늘 해야 할 일이 너무 많아.'

정성은 이 말을 하지 못했다. 피시방에서 게임을 하는 동안 정성은 계속 불안했다. 게임에 집중한 상웅을 보며 학원 시간이 다 됐다고 말할 수도 없었다. 친구의 부탁을 거절하면 안 될 것 같다는 생각과, 할 일을 마무리하지 못하면 큰일 날 것 같다는 걱정이 뒤엉켰다. 고민만 하다가 결국 학원에 늦었고, 밀린 일을 처리하느라 밤을 꼬박 새웠다.

토요일 저녁, 정성은 밀린 공부와 학원 특강을 소화하느라 몸이 지칠 대로 지쳤다. 오늘은 모든 걸 내려 두고 샤워한 뒤 일찍 자야겠다고 다짐했다. 그때 휴대 전화 진동이 연달아 울렸다. 메신저를 열어 보니, 상웅과 친구들 몇 명이 만든 단톡방에 알림이 가득 쌓여 있었다.

"30분 뒤에 3단지 앞 공원 농구장으로 모이자."

3대 3 농구를 하자는 메시지였다. 단톡방에는 정성까지 포함해 정확히 여섯 명이 있었다.

"미안해. 오늘은 일찍 자야 할 것 같아."

정성은 문장을 입력했다. 하지만 몇 번이나 깊은 한숨을 쉬고, 결국 전송 버튼을 누르지 못했다. 친구들의 부탁을 거절하면 안 될 것 같은 생각과, 지금은 나를 위해 푹 쉬고 싶다는 생각이 또다시 뒤엉켰다. 결국 정성은 농구장으로 발걸음을 옮겼다.

# 거절, 나를 지키는
# 마음의 표현

친구가 부탁을 하면 머릿속에서는 거절하고 싶은 생각이 가득하지만, 정작 입에서는 "응, 그래."라는 말이 튀어나온 적이 있나요? 처음에는 별것 아니었을지도 모릅니다. 자리 맡아 주기, 숙제 도와주기, PC방 가기 같은 사소한 부탁이었겠죠. 그런데 점점 친구들의 부탁이 늘어 갑니다. 그럴 때 할 일이 있는데도 친구의 부탁을 거절하지 못하고 마지못해 받아들인 적은 없는지요. 부탁을 들어주면 고마워하는 친구의 말 한마디에 기분이 좋아지다가도, 한편으로는 마음속 부담이 점점 커집니다. 나를 좋은 사람, 좋은 친구로 생각해 주는 것은 기쁘지만, 어느 순간부터 그 기대를 저버리면 사이가 멀어질까 봐 불안해지기도 합니다.

하지만 거절을 단순히 관계의 문제로만 봐서는 안 됩니다. 거절하지 못하고 계속 누군가의 부탁을 들어주는 일이 반복되면 내 마음이 점점 지쳐 갑니다. 계속해서 피로가 쌓이죠. 감정적으로도 쉽게 소진되어요. 끝없이 남을 위해 에너지를 쓰다 보면 정작 나를 위한 일에 신경 쓰지 못하게 되니까요. 그러다 보면 어느 순간 내가 '좋은 사람'이 아니라 '타인에게 휘둘리는 사람'이 된 것 같아 자아 혼란을 느끼게 됩니다.

이처럼 부탁을 거절하지 못하고 자신의 감정을 계속 억누르는 것이 습관이 되면, 솔직하게 감정을 내보이는 것이 점점 더 어려워집니다. 참아 왔던 감정은 결국 예상치 못한 방식으로 드러나죠. 무기력, 자아 정체성의 혼란, 감정 억누르기가 주는 스트레스 등 혼자서 견뎌 내기 어려운 상황에 빠지게 됩니다. 그래서 애꿎은 곳에 화풀이를 할 때도 있습니다. 함께 있으면 편한 존재, 나에게 무언가를 부탁하거나 바라지 않는 존재, 가족이나 자신보다 약한 존재에게 쌓인 감정을 풉니다. 부모님께 날카롭게 말하거나 동생에게 짜증을 내는 식으로요.

그렇다면 나는 왜 거절이 어려운 걸까요? 거절을 어려워하는 이유는 여러 가지입니다. 첫 번째로, 거절하면 관계가 깨질 것 같은 불안이 심하게 들기 때문입니다. '거부 민감성'이 높을 때 이러한 현상은 더 심해집니다. 거부 민감성이란 타인의 부정적인 평가에 대한 두려움과 불안을 과도하게 느끼는 심리입니다. 거부 민감성이 높은 사람은 타인의 부탁을 거절하는 순간 이 관계가 깨질 수도 있다는 불안감을 크게 느낍니다. 즉, 거절을 관계의 단절로 해석하는 겁니다. 그래서 거절했을 때 벌어질 상황을 부정적으로 예측하고 미리 걱정할 때가 많습니다.

두 번째로 공감 능력 과잉입니다. 내 기분보다 친구의 기분을 먼저 생각하며 거절을 망설입니다. 거절하려는 말을 꺼내려다가도 친구의 표정이나 반응을 보면 마음이 흔들리고 말이 달라집니다. '내가 부탁을 들어주지 않으면 친구가 힘들어하지 않을까?', '나밖에 친구를 도와줄 사람이 없다면 내가 당연히 들어줘야 하는 게 아닐까?' 하는 마음에 고민하게 됩니다. 결국 내 감정보다 친구의 기분을 우선시하면서 가장 소중하게 다뤄야 할 자신의 감정은 외면하게 됩니다.

마지막으로 어렸을 때부터 착한 아이로 자라기를 요구받거나, 남들에게 잘 보이기 위해 자신의 욕구를 눌러 온 사람들도 거절을 힘들어합니다. 이를 착한 아이 증후군이라고 합니다. 착한 아이, 남을 돕는 아이가 되라고 교육받고 칭찬받으며 자라다 보면, 남을 돕는 것은 좋은 일이라고 믿게 됩니다. 하지만 어느 순간 이러한 생각이 강박이 되어 남을 돕고 싶어서가 아니라 남을 돕지 않으면 나쁜 사람이 되는 것 같아 억지로 부탁을 들어주게 됩니다. 무의식중에 친구의 부탁을 거절하면 더 이상 착한 사람이 아니라고 생각하는 거죠. 생각해 보면 거절하는 방법을 알려 주는 사람도 없었을 겁니다. 친절해라, 남을 도와라, 친구와 사이좋게 지내야 한다는 말은 늘 들어도 거절 잘 하는 법에 대해 알려 주는 어른은 많지 않으니까요. 그러니 거절이 더욱 어색할 수밖에 없는 거죠.

하지만 거절은 일상에서 흔히 일어나는 일이고 살아가면서 꼭 해야 하는 일이기도 합니다. 대다수 사람은 타인에게 거절당할 때, 그 상황을 일상적으로 받아들입니다. 예컨대 마트 직원은 수많은 사람에게 행사 상품 구매를 권하지만 거절당합니다. 편의점에서 계산할 때 봉투가 필요하냐는 물음에 아니라고 답하는 것도 거절이죠. 분식집에서 음료를 시킬 때 나는 안 시키겠다고 하는 것도 거절입니다. 물론 친구 사이에서의 거절은 이런 일상적인 거절과는 다르지요. 가까운 친구의 훨씬 내밀한 부탁이니까요. 하지만 거절이 특별히 나쁜 일이거나 사이를 불편하게 만드는 행동이 아니라는 걸 꼭 기억하세요. 일상에서 누군가가 부탁을 들어주면 고마운 거고, 거절하면 아쉽지만 어쩔 수 없는 일입니다.

친구의 부탁을 거절한다고 해서 그 친구와의 관계가 깨지는 것은 아닙니다. 오히려 편안한 마음으로 거절을 주고받을 때 친구 사이는 더욱 단단해집니다. 거절은 자신과 상대방 모두를 위한 의사 표현이거든요. 건강한 관계에서는 서로 다른 생각을 나누고 조율하며, 배려하는 일이 자연스럽습니다. 나의 상황이 여의치 않거나, 부탁을 들어줄 수 없는 이유가 있을 때 솔직한 마음을 전하고 친구의 부탁을 거절하세요. 친구에겐 상대방의 결정을 존중할 수 있는 계기가 되고, 나는 상대방의 입장과 상황을 이해하는 친구와 더 깊은 관계를 맺을 수 있을 거예요.

"나도 꼭 같이 하고 싶은데 남은 일이 있어서 이걸 어떻게든 끝내야 할 것 같아. 다음엔 같이 하자. 너무 아쉽다." 여러분의 거절이 나쁜 의도에서 나온 것이 아니라는 걸 알면 친구도 이해해 줄 것입니다.

거절을 해 본 적이 많지 않으니, 이게 거절할 만한 일인지 판단이 안 설 때도 있을 거예요. 그때는 자신의 마음을 솔직하게 들여다보세요. 이 부탁을 들었을 때 마음에 불편한 점이 있거나, 무리해서 부탁을 들어주는 건 아닌지 점검해 보는 겁니다. 자신의 마음을 이해하고 돌볼 때, 친구에게 거절도 더 잘할 수 있습니다. 여러분이 더욱 깊고 따뜻한 우정을 쌓아가길 바랍니다.

## 평범한 나, 제대로 마주하기

• 최근에 친구의 부탁을 거절하고 싶었지만 거절하지 못한 경험이 있나요?

_____

_____

_____

• 그때로 돌아간다면 어떻게 거절하는 것이 좋을까요? 친구의 부탁과 거절의 말을 생각해 보아요.

（예）· 친구의 부탁 : 나 오늘 주번이라서 늦게 끝나는데
　　　　　　　　좀 도와줄 수 있을까?
　　· 나의 대답 : 미안해, 나도 시간이 되면 도와주고 싶은데 오늘
　　　　　　　　학원에 빨리 가서 못 한 숙제를 마저 해야 할 것 같아.

○ 친구의 부탁
_____

_____

○ 나의 대답
_____

_____

_____

# 친한 친구와 다른 반이 되어 불안해요

시연과 강희는 새 학년에도 같은 반이 되기 위해 할 수 있는 모든 걸 했다. 같은 반에 배정될 확률을 높이기 위해 선택 과목도 맞췄다. 시연은 정치 관련 교과목을 선택하고 싶었지만, 지리 관련 교과목을 좋아하던 강희의 선택을 따라갔다. 담임 선생님을 만날 때마다 시연은 강희와 같은 반이 되게 해 달라고 간절히 부탁했다. 반 배정 운을 가져다주는 부적까지 샀다.

어느덧 종업식이 다가왔다. 시연은 강희의 두 손을 꼭 잡고 아쉬운 표정을 지었다.

"시연아, 내가 어디 멀리 떠나?"

"아니… 그래도 방학 때 같이 스터디 카페도 가고, 만나고 싶었는데."

강희는 겨울 방학 동안 이모네 집에 머물게 되었다. 방학 특강이 있는 학원이 집에서 너무 멀어 방학 동안 이모네 집에서 학원을 다니기로 한 것이다. 시연은 너무 아쉬웠다. 그래도 저녁마다 톡을 주고받으며 서로의 안부를 확인했다. 시연은 겨울 방학 내내 개학이 기다려졌다. 새 학년에도 강희와 같은 반이 되어 다시 일상을 함께하고 싶었다. 시간은 빠르게 흘러 갔다.

2월의 끝자락, 시연의 휴대 전화가 요란하게 울렸다. 종업식 이후 잠잠했던 단톡방에 메시지가 쏟아졌다. 새 학년 반 배정이 E-알리미로 발표되었다는 소식이었다. 다른 메시지를 확인할 새도 없이, 시연은 대학교 합격자 발표를 확인하는 것처럼 떨리는 마음으로 학교 공지 앱을 열었다. 그리고 천천히 조심스럽게 반 배정 결과를 확인했다. 6반이었다. 시연과 강희가 선택한 교과목 조합은 5반 아니면 6반에 배정될 가능성이 컸다. 강희는 몇 반일까. 시연은 강희에게 전화를 걸었다.

"시연아! 너 몇 반? 난 5반이야."

강희는 5반에 배정되었다고 했다. 시연은 휴대 전화를 귀에 댄 채 몇 초간 굳어 버렸다.

"여보세요? 시연아, 너도 5반이야?"

강희의 물음에 시연은 힘없이 대답했다.

"아니 난 6반…."

시연은 당장이라도 울 것 같았다. 바로 옆 반이니 쉬는 시간마다 자주 보자는 강희의 말에도 마음은 진정되지 않았다. 강희와 다른 반에서 하루하루를 어떻게 보내야 할지, 누구에게 의지할 수 있을지, 강희가 새 학급 친구들과 더 친해져 버리면 어떡해야 할지 머릿속이 복잡했다.

시연은 울음을 들키기 싫어 서둘러 전화를 끊었다. 휴대 전화를 내려놓고 이불을 머리끝까지 덮었다. 가슴이 답답했다. 눈물이 볼을 타고 흘렀다. 아무리 참으려 해도 흐느낌이 새어 나왔다.

# 헤어짐은 괴롭고
# 새로운 만남은 두려울 때

　친했던 친구와 다른 반이 되어서 전전긍긍한 적이 있나요? 몸이 멀어지면 마음도 멀어진다는 말처럼, 친했던 친구와 떨어져서 지내게 되는 건 큰 불안으로 다가옵니다. 익숙한 상황과 환경에서 벗어나는 일은 두렵고 힘든 법이니까요.

　인간은 소속감을 통해 안정을 얻는 존재입니다. 그리고 본능적으로 소중한 관계에서 안정감을 찾으려 하죠. 심리적 울타리 안에서 가장 편한 감정을 느끼는 겁니다. 특히 친한 친구가 있는 교실은 단순한 공간이 아닙니다. 힘든 학교생활에 활력을 불어넣어 주는 친구가 있는 곳이죠. 그래서 새 학년이 되어 친구와 멀어질 수 있다는 불안은 일상을 뒤흔드는 큰 사건으로 느껴집니다. 여러분이 느끼는 불안은 결코 대수롭게 넘

어갈 감정이 아닙니다. 가장 먼저 불안의 원인을 제대로 이해
해야지만 마음을 안정시킬 수 있죠.

　뇌는 친한 친구나 사랑하는 사람과 함께 있을 때 옥시토신
이라는 행복 호르몬을 분비합니다. 이 호르몬 덕분에 심리적
인 안정감을 느낍니다. 반면에 친구와 멀어지는 상황에 놓이
면 뇌는 "나는 이제 안전하지 않아."라고 신호를 보냅니다. 뇌
가 친한 친구와 멀어지는 상황을 위협으로 받아들이기 때문
이에요.
　청소년기의 친구 관계는 자아 정체성을 형성하는 데 중요
한 역할을 합니다. 친구와 함께 보내는 시간 속에서 친구의
반응과 말을 통해 "아, 나는 이런 사람이구나."라고 자신을 알
아 가고 함께 나누는 이야기와 추억, 감정들이 모여 나라는
존재를 만들어 갑니다. 그래서 뇌는 반이 바뀌거나 친구를 자
주 볼 수 없는 상황을 단순히 친구와 멀어지는 문제로 보지
않고 위협으로 판단하는 거죠. 친구 사이의 작은 변화에도 예
민하게 반응할 수밖에 없는 겁니다. 그럴 땐 먼저 불안한 내
마음을 알아주어야 합니다. "내가 친구에게 많은 의지를 하고

있구나, 그래서 이렇게 불안하구나." 하고요.

불안을 마주했다면 이제 조금 더 가볍게 생각해 보아요. 당연한 이야기지만 친한 친구와 예전처럼 같은 공간에서 매일 함께하지 못한다고 해서 그 우정이 사라지는 것은 아닙니다. 여러분은 학창 시절을 보내며 많은 사람과 관계를 맺고, 또 관계의 변화를 경험합니다. 정말 친했는데 멀어진 친구도 있고, 다른 학교에 다니게 되면서 분기마다 보는 친구도 있고, 인사만 하던 사이였는데 학원에서 가까워진 친구도 있겠죠. 즉, 환경이 변해도 친구 관계는 다른 형태로 유지되는 거예요. 마찬가지로 학급이 바뀌더라도 자주 연락하고 같이 점심을 먹으며 우정은 계속될 수 있어요.

여러분, 지금 1년 전 반 배정 결과에 내가 어떤 감정을 느꼈는지 생각나시나요? 잘 기억나지 않는다고요? 맞습니다. 지난 1년 동안 여러분에게는 반 배정 말고도 놀랍고 새로운 일이 너무나도 많았을 겁니다. 새로운 공간에 적응하고 새 친구들을 알아가는 데 바빴겠지요. 친한 친구는 여전히 소중하지만 새 학급에 적응하는 것도 무척 중요하니까요.

처음에는 새 친구들과 관계를 맺는 것이 친한 친구를 배신하는 것처럼 느껴질 수도 있고 낯선 아이들과 대화를 나누는 게 어색할 수 있습니다. 하지만 조별 활동, 체육 대회, 학급 행사 같은 크고 작은 활동을 같이 하다 보면 여러분도 자연스럽게 새로운 반과 친구들에게 마음을 붙이게 될 거예요. 마음이 맞는 친구들을 만나게 될 수도 있습니다.

처음 맞이하는 변화는 누구에게나 불안으로 다가옵니다. 이는 새로운 환경에 잘 적응하고 싶다는 마음에서 나오는 자연스러운 감정이죠. 내가 변화를 받아들이고 자신만의 속도로 적응해 가면서 불안은 차차 사라져 갑니다. 친한 친구와 떨어져서 학교생활을 잘할 수 있을까 걱정이 밀려올 땐 새 학기의 나를 떠올려 보세요. 이전에도 불안을 극복하면서 관계를 넓혀 왔다는 걸 알 수 있을 거예요. 이번에도 난 잘할 수 있다고 믿어 보면 어떨까요?

새로운 환경 속에 처음 느껴 보는 즐거움과 행복을 발견하길 바랍니다. 예전과 또 다른 흥미로운 경험은 여러분을 설레게 하고 그 경험은 옛 친구와 나눌 수 있는 새로운 이야깃거리가 될 거예요.

마지막으로 새로운 관계를 맺는 것이 친한 친구를 배신하는 일이 아니며, 친한 친구가 새 학급에서 새로운 관계를 맺는 것 역시 여러분과 멀어지기 위해서가 아니라는 사실을 꼭 기억하세요. 친한 친구와는 더욱 깊은 유대를 쌓고, 새로운 친구와는 서로 알아 가는 시간을 보내며 여러분의 행복이 배가 되기를 바랍니다.

### 평범한 나, 제대로 마주하기

• 지금까지 반이 바뀌면서 새로운 친구를 사귀었던 경험이 있나요? 그 때 어떤 방법으로 새 친구와 가까워졌는지 생각해 보세요.

_____

_____

_____

• 현재 가장 친한 친구와 떨어지게 된다면, 어떤 방법으로 우정을 이어 나가고 싶나요?

_____

_____

_____

• 반 배정이 원하는 대로 되지 않아 우울한 친구에게 위로를 한다면, 어떤 말을 들려주고 싶은가요?

_____

_____

_____

셋

우리와
화해하기

- 도저히 엄마 아빠와 대화가 안 돼요
- 맨날 싸우는 부모님 때문에 집에 들어가기 싫어요
- 가난하게 태어난 게 창피하고 화가 나요
- 부모님이 형제와 저를 자꾸 비교해요
- 넌 꿈이 뭐냐고 물을 때마다 대답하기 힘들어요
- 내가 희망하는 진로를 부모님이 반대해요

# 도저히 엄마 아빠와
# 대화가 안 돼요

미란은 친구들과 카페에서 수행 평가를 준비하다가 밤 9시가 되어서야 집으로 향했다. 예상보다 시간이 훌쩍 지나 있었다. 미란은 마음이 조급해졌다. 부모님께 연락하는 걸 깜빡했다는 사실이 떠올랐다. 서둘러 카톡을 보냈다. 읽음 표시는 떴지만, 답장은 없었다. 무언의 압박이란 이런 걸까. 부모님이 화를 내실 것이 분명했다. 미란은 걸음을 재촉했다. 집 앞에 도착해 현관문을 바라보며 한숨을 쉬었다.

문을 열기 전, 펼쳐질 장면들이 머릿속에서 영화처럼 스쳐 갔다. 가능한 한 조용히 문을 열었다. 문이 채 닫히기도 전에 굵고 낮은 목소리가 귀에 울려 퍼졌다. 화를 억누르는 아빠의 목소리였다. 미란은 긴장한 채 신발을 벗었다. 엄마의 표정은 굳어 있었다. 미란은 입술을 꽉 다물었다가 차분하게 이유를 설명했다. 하지만 엄마와 아빠에게는 변명으로 들릴 뿐이었다. 잔소리가 시작되었다. 수행 평가 준비가 얼마나 중요한지, 시간이 왜 오래 걸렸는지, 왜 연락을 못 했는지를 설명하려 했지만, 부모님의 언성만 높아질 뿐이었다. 잔소리는 끝없이 이어졌다. 공부 습관, 성적, 친구 관계, 복장, 휴대 전화 사용 시간, 화장, 행동, 성격, 진로까지 모든 게 도마 위에 올랐다. 미란은 억울했지만, 이 고통이 더 길어질까 봐 입을 다물었다. 거실의 공기가 무겁게 가라앉는 듯했다. 한숨이 나오려는 것을 겨우 참았다. 숨을 내뱉는 순간 어떤 일이 벌어질지 분명했기 때문이다. 도망치고 싶었다. 방으로 뛰어 들어가 숨고 싶었다. 하지만 견뎌야만 했다. 미란은 그저 이 시간을 버텨 내야만 했다.

홍이는 연극 동아리에 들어가고 싶었다. 작년 말 학교 축제에서 연극부의 뮤지컬 공연을 본 순간을 잊지 못했다. 가슴이 두근거렸다. 무대 위 배우들의 표정, 손끝의 움직임 하나하나를 생생하게 기억한다. 관객들의 환호와 박수가 쏟아질 때, 저 무대 위에 자신도 함께 있고 싶다고 생각했다. 하지만 홍이는 엄마의 권유로 코딩 동아리에 가입해야 했다. 컴퓨터 공학과에 진학할 때 도움이 될 거라는 이유였다.

새 학년이 되었다. 홍이는 복도 게시판에 붙어 있는 연극부

부원 모집 포스터를 보았다. 신입생이 아니어도 가입을 환영한다는 문구를 보고 망설임 없이 포스터에 적힌 번호로 가입 희망 문자를 보냈다. 동아리 선택 정도는 자기 뜻대로 하고 싶었다. 동아리 부장에게 바로 답장이 왔다. 이번 주 금요일 동아리실에서 면접이 있으니 부담 없이 꼭 와 달라는 내용이었다. 홍이는 가슴이 설렜다. 집으로 돌아와 엄마에게 올해는 연극부에 가입할 거라고 말했다. 엄마도 당연히 응원해 줄 거라고 믿었다. 하지만 엄마는 홍이의 말을 듣고 표정이 굳어졌다.

"엄마는 분명 홍이가 컴퓨터 관련 학과에 진학한다고 들었어. 그러려면 수행 평가부터 동아리 활동, 교과 세특까지 전부 일관성이 있어야지. 그리고 연극부 평소에도 연습하는 데 시간이 얼마나 많이 들겠니. 연극 연습하느라 시간 뺏기면 어쩌려고? 배우가 될 것도 아니잖아."

엄마의 말에는 명백한 근거가 있었지만, 홍이의 선택에 대한 존중은 없었다. 홍이는 이유를 설명했다. 연극부 활동하면서 자신감과 발표력을 기르면 면접에도 도움이 될 것이라며 엄마를 설득하려 했다.

"됐어. 그만."

엄마는 홍이의 말을 끝까지 듣지 않고 도중에 끊었다.

"너 지금 그런 거 신경 쓸 시간 없어. 엄마는 더 이야기할 거 없어."

엄마는 자리에서 일어나 안방으로 들어갔다. 더 이상 대화하지 않겠다는 뜻이었다. 홍이는 답답했다. 학원 선택부터 생활 기록부 관리까지 모두 엄마의 뜻에 따라 살아왔다. 동아리 선택까지 엄마의 뜻에 따라야 한다는 것이 너무 숨 막혔다. 닫힌 안방 문을 보며 홍이의 마음도 함께 닫혀 가는 것 같았다.

# 부모님과 나
# 이토록 다른 서로를 인정하기

때때로 부모님의 말씀이 마음에 깊은 상처를 낼 때가 있습니다. 그 말이 아무리 자식을 걱정하는 마음에서 비롯된 것이라 해도, 그 말들이 화살이 되어 마음을 아프게 하죠. 나의 이야기를 귀 기울여 듣지 않고, 일방적으로 가르치려고만 할 때면 답답한 마음이 듭니다.

부모님과 대화가 어려운 것은 여러분의 잘못이 아닙니다. 부모님과 여러분이 상황을 이해하는 방식이 다르기 때문이죠. 청소년기에는 감정을 처리하는 편도체가 매우 활발하게 작동합니다. 반면에 충동을 조절하고 논리적인 사고를 하는 전두엽은 아직 완전히 발달하지 않았습니다. 따라서 객관적인 상황 파악이 어른보다 미흡하고, 감정이 먼저 앞서는 경우도 많습니다. 반면 부모님은 이미 뇌가 다 성장한 상태이기 때문에 보다 객관적이고 이성적인 판단을 내릴 수 있습니다. 또한 사회생활을 통해 쌓은 경험을 바탕으로 현실적인 조언을 주는 것도 가능하죠. 다만 살아가면서 굳어진 가치관이 확고하기에 어떤 상황에서도 유연하게 대처하거나 새롭게 생각하기보다 안정적인 선택을 하려고 합니다. 즉, 청소년과 성인이 세상을 바라보는 시각과 판단 방식이 완전히 다른 겁니다.

더욱이 청소년기는 타인의 평가에 매우 민감하게 반응하는 시기입니다. 주변의 시선과 평가를 통해 자신을 확인하려는 경향이 강하기 때문입니다. 특히 부모님의 평가는 청소년의 자존감과 정체성 형성에 결정적인 영향을 미칩니다. 부모님이 현실적인 이유를 근거로 의견을 이야기할 때 나의 의견, 가치관, 행동을 낮게 평가한다면 단순히 의견을 무시하는 것이 아니라 존재를 부정당한 듯한 기분이 들죠.

아이에서 어른으로 성장해 가는 징검다리인 청소년기에는 자신만의 생각과 판단으로 살아가고 싶은 마음이 커집니다. 자녀가 부모님으로부터 점차 독립하는 시기이죠. 하지만 부모님은 여전히 여러분을 아이로 여기며 보호하려 하고, 그래서 더욱 강하게 통제하려 합니다. 내가 보는 나와 부모님이 바라보는 나는 이렇게 다릅니다. 그러므로 엄마 아빠와 나는 다른 인격이며, 서로 생각하는 방식이나 가치관도 다르다는 걸 인정해야 합니다.

부모님과 자식의 입장 차이를 이해했다면 이제는 여러분의 감정을 살펴볼 차례입니다. '내가 왜 이렇게 힘들어해야 하지?' 스트레스를 받기보다, '이런 말을 들었을 때 정말 마음이 아팠구나.'라고 감정을 이해하는 것이 첫걸음입니다.

예를 들어, "오늘 엄마가 내 성적을 보시고 '네가 이렇게 공부할 거면 뭐 하러 학원을 보내냐'라고 말씀하셨다. 그 말을 들은 순간 가슴이 답답해지고 눈물이 났다. 나는 정말 열심히 했는데, 왜 엄마는 내 노력을 알아주지 않으실까?" 이렇게 자신의 감정과 생각을 정리해 보세요. 성적만으로 나의 노력을 판단하는 것이 속상했구나, 자신의 감정을 적다 보면 내 마음을 더 명확하게 이해할 수 있고, 현재 상황에서 한 걸음 물러서서 문제를 객관적으로 바라볼 수 있습니다. 내가 엄마

아빠에게 바라는 것도 선명해지죠.

세상에 완벽한 사람은 없습니다. 그렇기에 완벽한 부모님도 존재하지 않습니다. 부모님 역시 때때로 잘못된 판단을 할 수 있고, 감정에 치우쳐 적절하지 않은 표현을 하기도 합니다. 부모님의 말씀을 한 걸음 떨어져 바라보면서, 훗날 부모님과 대화를 나눌 때 차분하게 이야기할 단서를 찾아보세요.

그리고 어른의 말에 상처받더라도, 그 말이 여러분의 존재를 규정하지 않는다는 것을 기억하세요. 부모님이 여러분의 상황을 이해하고 응원해 주기를 바라는 마음이 크다고 해서, 부모님의 부정적인 평가나 체념에 자신의 존재를 의심하고 부정해서는 안 됩니다. 여러분은 각자 고유한 가치와 잠재력을 지닌 존재입니다. 부모님의 기대나 평가에 얽매이지 말고 자신의 꿈과 목표, 그리고 삶을 소중히 여기는 자세를 잃지 마세요. 여러분의 가치는 여러분이 만들어 가는 거니까요.

## 평범한 나, 제대로 마주하기

• '홍이'와 비슷한 일을 겪은 적이 있나요? 부모님과 어른들이 나의 선택을 존중하지 않는다고 느꼈던 경험을 떠올려 보세요.

> "엄마는 분명 홍이가 컴퓨터 관련 학과에 진학한다고 들었어. 그러려면 수행 평가부터 동아리 활동, 교과 세특까지 전부 일관성이 있어야지. 그리고 연극부 평소에도 연습하는 데 시간이 얼마나 많이 들겠니. 연극 연습하느라 시간 뺏기면 어쩌려고? 배우가 될 것도 아니잖아."
> 엄마의 말에는 대학 입시에 관한 명백한 이유가 있었지만, 홍이의 선택에 대한 존중은 없었다.

• 최근에 부모님께 들은 말 중 상처받은 말이 있었나요? 그때 어떤 감정을 느꼈는지 적어 보세요.

_____

_____

_____

• 이제 부모님께 듣고 싶은 말을 떠올려 보세요. 오늘은 내가 나에게 이런 말을 들려주는 건 어떨가요?

_____

_____

_____

# 맨날 싸우는 부모님 때문에
# 집에 들어가기 싫어요

정희는 책상 앞에 앉아 문제집을 펼쳤다. 펜을 손에 쥐고 문제를 보았지만, 글자와 숫자가 머릿속에 들어오지 않았다. 펜 끝이 종이를 의미 없이 스쳐 지나갔다. 집중해야 하는데, 공부해야 하는데. 정희는 속으로 되뇌었지만, 그렇게 할 수 없었다. 눈앞의 문제들은 마치 남의 이야기처럼 멀게만 느껴졌다. 글자가 흩어지고 숫자가 흐려졌다.

귓가에는 계속해서 소음이 맴돌았다. 집에 들어오기 전, 현관문 너머로 들리던 엄마와 아빠의 목소리가 아직도 끊이지 않았다. 서로를 찌르는 단어들과 과거, 현재, 미래를 저주하는 문장이 문제집의 글자와 숫자보다 더 선명하게 머릿속을 헤집고 들어왔다. 엄마와 아빠가 싸우며 던진 말들이 정확히 무엇이었는지는 기억나지 않았다. 하지만 말에 스며든 무섭고 슬픈 감정은 뚜렷하게 남아 있었다.

"이럴 거면 진작에 끝냈어야지!"

이 한 문장은 깊숙이 각인되었다. 갈라서자는 저 무서운 말은 언성이 높아질 때마다 되풀이되었고, 들을 때마다 더 마음이 아팠다. 시간이 지나면 익숙해질 줄 알았는데, 좀처럼 무뎌

지지 않았다.

정희는 펜을 쥔 손을 놓았다. 멍하니 시선을 책상 위의 물건들에 붙들어 두었다. 수행 평가 준비도, 중간고사 공부도 아무것도 손에 잡히지 않았다. 해야 할 일이 쌓여 있는데 자꾸만 힘이 빠졌다.

밖에서 들려오던 말소리가 그쳤다. 지금 이 짧은 고요함이 오히려 두렵고 불안했다. 언제 다시 전쟁이 터질지 몰랐다. 큰소리가 들려오지 않는 순간에도 머릿속에서는 계속해서 다툼이 이어졌다. 정희는 이 공간에서 잠시라도 벗어나고 싶었다. 친구를 만나고 싶었지만, 시간이 너무 늦었다. 친구들은 각자의 집에 있을 것이고, 그곳은 안전한 공간일 테니 굳이 나올 이유가 없을 것이라 생각했다.

정희는 이 공간도, 사람도, 시간도 모두 사라져 버리길 바랐다. 만약 내가 죽는다면, 그때는 싸움을 멈출까? 적어도 나는 이 전쟁을 겪지 않아도 되겠지. 그런 생각이 머릿속을 가득 채웠다. 정희는 화낼 힘도 없었고, 슬퍼할 여유도 없었다. 그저 지쳐 있었다.

모든 것이 사라져야만 이 괴로움도 끝날 듯했다. 정희는 사라지고 싶었다. 자신이 사라져야 할 존재라고 느꼈다.

# 나만의 안전지대를
# 찾아보자

집 근처 골목 앞에서 발걸음이 무거워지나요? 집 앞까지 가는 그 짧은 거리가 마치 끝없는 터널처럼 느껴질지도 모릅니다. 부모님의 갈등은 자녀에게 큰 상처입니다. 더욱 가슴 아픈 현실은 이 갈등을 여러분의 의지만으로는 풀 수 없다는 사실이죠. 부모님 사이의 갈등은 오랜 시간 쌓인 여러 이유와 사연들로 가득합니다. 나와 상관없는 일이지만 피할 수 없다는 게 답답하고 분한 마음이 듭니다. 어느 순간엔 싸움의 원인이 자신에게 있는 것 같고, 자신이 사라지면 이 싸움도 멈출 거라는 극단적인 생각까지 하게 되죠.

그래서 부모님의 싸움을 오래 지켜본 아이일수록 자존감이 낮고 불안 증세를 보이는 경우가 많습니다. 심지어 자신이 태어나지 않았다면 부모님의 싸움도 없었을 거란 생각에 이르러 자신의 존재 자체를 부정적으로 바라보기도 합니다. 청소년의 심리도 어린이의 반응과 크게 다르지 않습니다.

여러분은 이 상황 속에서 나를 지켜 내는 방법을 배워야 합니다. 부모님의 다툼이 시작되면 당장이라도 소리 지르며 뛰쳐나가고 싶은 마음이 올라옵니다. 하지만 자녀가 싸움에 개입하게 되면 부모님 사이의 갈등이 부모-자녀 갈등으로 번지기 쉽습니다. 이렇게 되면 부모님의 싸움이 가족 전체의 싸움으로 얽히게 되죠.

가족 관계 전문가들은 부모님이 다툴 때 자녀가 할 수 있는 가장 나은 선택으로 '자연스럽게 물리적 거리 두기'를 제안합니다. 단순히 그 자리를 피하라는 것이 아니라 여러분의 심리적 안정과 정서적 건강을 위해 자신만의 공간을 확보하라는 뜻입니다.

다툼이 시작될 분위기가 감지되면 "독서실에 수행 평가하고 올게요.", "잠깐 편의점 다녀올게요." 하며 자연스레 다툼의 현장에서 벗어나세요. 평소와 크게 다르지 않게 행동하는 겁니다. 이때 제일 중요한 건 담담한 어투와 행동입니다. "다녀 오겠습니다."라고 평소처럼 인사만 하고 나가세요. 그리고 마치 아무 일도 없었던 것처럼 일상으로 돌아오면 됩니다.

때로는 정면으로 맞서는 대신 한 걸음 뒤로 물러나야 할 때가 있습니다. 부모님의 싸움을 막을 수 없다면, 소중한 여러분 자신을 지켜야 합니다.


내가 더 잘했더라면 부모님의 싸움이 없었을 거란 생각이 올라올 때는 어떻게 해야 할까요? 이러한 현상을 '경계 혼란'이라고 합니다. 청소년기에는 부모님의 문제와 자신의 삶을 제대로 구분하기 힘듭니다. 이에 따라 부모님 사이의 갈등을 마치 자기 잘못으로 생각하게 됩니다. 하지만 부모님의 싸움은 오랜 세월 쌓여 온 어른들만의 문제입니다. 여러분과 아무런 관련이 없습니다. 만약 싸움 가운데 여러분에 관한 이야기가 나오더라도, 싸움 과정에서 격해진 감정으로 마음에도 없는 말씀을 하신 것뿐입니다. 부모님의 싸움을 여러분이 책임질 이유도 필요도 없습니다. 부모님의 영역과 여러분의 영역을 구분 짓는 연습을 해야 합니다.

여러분의 친구 관계, 공부, 휴식, 감정, 생각은 여러분 자신의 것입니다. 부모님의 갈등이 커진다고 해서 여러분의 하루도 어두워지고 무너져서는 안 됩니다. 수업에 집중하고, 친구와 즐겁게 수다를 나누고, 동아리 활동을 즐기고, 음악을 들으며 리듬을 타세요. 이건 이기적인 마음이 절대 아닙니다. 자신을 보호하고 독립적인 존재로 성장하는 지혜로운 방법입니다.

도서관의 조용한 자리에 앉아 다양한 종류의 책을 읽어 보고 마음을 달래 주는 일기도 써 보세요. 공원을 걸으며 생각을 정리하거나, 힘차게 달리며 땀을 흘려도 좋습니다. 마음 맞는 친구와 대화를 나누면 답답했던 마음도 풀리겠죠. 아직 이런 대피 요령이 없다면 아래 단계를 활용해 나만의 대피 방법을 만들어 보는 건 어떨까요?

안전모드 전환 – 자리 피하기 – 일상 유지

부모님의 다툼이 시작되면 귀에 이어폰을 꽂고 소리를 차단하거나, 숨을 깊이 들이마시고 천천히 내뱉으면서 평상심을 유지합니다. 그런 다음 최대한 자연스럽게 자리를 피하세요. 그리고 원래 해야 했던 계획과 일상을 유지하는 겁니다. 나만의 대응 매뉴얼을 만들어 행동하다 보면 부모님의 싸움에 흔들리거나 무너지지 않고, 더 단단한 사람으로 성장할 수 있습니다.

한밤중에 들려오는 다툼 소리에 이불 속에서 떨리는 가슴을 부여잡고, 귀를 아무리 막아도 새어 드는 소리에 눈물을 흘린 적도 있었을 겁니다. 어른이 되어 간다는 것은 부모님으로부터 독립하는 과정입니다. 비록 여러분의 상황이 매우 힘들지만, 언젠가 해야 할 독립이라는 숙제가 조금 일찍, 버겁게 다가온 것이라 생각해 봐요. 그리고 이 과정에서 부모님을 원망하거나 미워하지 마세요. 미워하는 마음은 그 누구보다 나 자신을 힘들게 하기 때문입니다.

 평범한 나, 제대로 마주하기

• 부모님이 다툴 때 나를 지킬 수 있는 나만의 다락방이 있나요? 그곳
에서 무엇을 하나요? 다락방이 없다면 지금 한번 생각해 보세요.

> ### 나만의 다락방 만들기
> (예) 집 밖에 나가 편의점에서 아이스크림을 하나 산다. 공원을
> 돌며 마음을 진정시킨다. 방으로 들어와 이어폰으로 좋아하
> 는 노래를 들으며 방 청소를 한다.

# 가난하게 태어난 게
# 창피하고 화가 나요

종례를 마치고 다연의 친구들은 가방을 메고 교실 문을 나서며 신세 한탄을 늘어놓았다. 학교 공부를 마치자마자 학원 공부를 이어 가야 하는 일상을 짜증스러워했다. 다연은 학원으로 향하는 친구들을 뒤로하고 아무 말 없이 집을 향해 걸었다. 다연도 학원에 가고 싶었다. 집안 사정을 알기에 조심스레 부모님께 학원 이야기를 꺼낸 적도 있었다. 하지만 돌아온 대답은 슬픈 격려였다.

"우리 다연이는 똑똑해서 혼자서도 충분히 공부할 수 있을 거야."

혼자 공부해도 충분할까? 다연은 중학교를 졸업하고 고등학교 첫 중간고사에서 공부한 것에 비해 너무 낮은 점수를 받았다. 속이 상했다. 수업 시간에 단 한 순간도 놓치지 않고 열중했었다. 집에서 복습도 하고 문제집도 여러 번 풀어 보았다. 그런데도 문제가 풀리지 않았다. 혹시 학원에 다녔다면 더 좋은 결과를 얻었을까? 기출 문제 분석 풀이 수업을 들었다면, 예상 문제지를 받아 볼 수 있었다면, 선행 학습을 했었다면 지금처럼 형편없는 점수는 받지 않았을 텐데…. 이 의심이 부모님을 원망하는 마음으로 변하는 것이 싫었다. 방법이 없었다. 기말고사에서 성적은 더 떨어졌다. 2학기가 되어 다시 시험 결과를 받아 들 때, 다연은 또 다른 의문을 품었다.

'내가 아등바등해도 과연 원하는 결과를 얻을 수 있을까? 애초에 불가능한 길을 걸으려 했던 건 아닐까? 그냥 열심히만 해서는 안 된다는 걸 매번 확인하고 있는데, 내가 뭘 더 할 수 있을까?'

다연은 한숨을 내쉬었다. 그리고 펜을 내려놓았다. 눈은 칠판을 향했지만, 수업 내용은 들리지 않았다. 다음번에 성적표를 받았을 때, 다연은 더 이상 의심도 불안도 화도 나지 않았다. 공부를 해도 소용없다고 생각하기로 했다. 차라리 마음이 편했다.

점심시간을 알리는 종소리에 우창은 잠에서 깼다. 2교시부터 세 시간 동안 책상에 엎드려 자느라 허리가 아팠다. 기지개를 켰다. 교실 앞에 붙어 있는 급식 표를 확인한 뒤 급식실로 향했다. 밥을 먹고 교실로 돌아오니 우창의 친구들은 둥그렇게 모여 휴대 전화 화면을 보며 축구 게임을 하고 있었다. 우창은 무의식적으로 휴대 전화를 켰다. 화면 속 빠르게 바뀌는 영상들을 보며 아무 생각 없이 손가락을 움직였다. 영상 하나가 끝날 때마다 화면을 아래에서 위로 쓸어 올렸다. 가끔 재미있는 영상이 나오면 여러 번 반복해서 봤다.

5교시 예비 종이 울렸다. 교실 맨 뒷자리에 앉은 우창은 친구들이 사회 교과서를 책상 위에 꺼내는 모습을 멍하니 바라봤다. 앞자리 책상 위에 펼쳐진 사회책에는 축구 시합 장면이 그려져 있었다.

우창은 어릴 때부터 축구를 좋아했다. 쉬는 시간, 점심시간, 방과 후마다 축구공을 차며 행복했다. 축구 선수가 되고 싶었다. 국가대표가 되어 태극 마크를 가슴에 달고 월드컵 경기장에서 뛰는 자신을 상상하곤 했다. 제대로 축구를 연습하면 한국 최고의 축구 선수가 될 수 있으리라 믿었다. 자신의 꿈을 이야기했을 때 부모님의 떨떠름한 표정을 우창은 지금도 기억한다. 운동선수가 되려면 많은 돈이 필요했다. 우리 집은 그럴 형편이 되지 않는다는 걸 알게 된 순간, 모든 게 멈춘 듯했다. 아무리 노력하고 꿈을 꾸어도 닿을 수 없다는 걸 알았다.

5교시 시작종이 울리고 선생님이 들어왔다. 우창은 교실 창문 너머 운동장에서 옆 반 아이들이 축구하는 모습을 한참 동안 바라봤다. 생각이 많아지다가 차츰 사라져 갔다. 선생님의 시선이 느껴졌다. 우창은 창밖에 둔 시선을 거두고 책상에 엎드려 눈을 감았다. 수업은 계속 이어졌다. 친구들이 바쁘게 필기하는 소리가 들렸다. 우창은 자신만 멈춰 있는 듯했다.

# 가난이 만든 무기력에서
# 벗어나는 법

　돈이 부족해 원하는 물건을 마음대로 사지 못하고, 누리고 싶은 것들을 자유롭게 즐기지 못하는 상황이 어릴 때부터 반복된다면, 그리고 내 의지로 이런 상황을 벗어나기 힘들다면 부모님을 원망하는 마음이 들겠죠. 하지만 더 힘든 것은 이런 현실이 '운명'으로 느껴질 때일 겁니다. 나는 이 운명을 거스를 수 없다는 생각이 점점 자신을 작게 만들고 무기력하게 합니다.

　1960년대 미국에서는 회피 반응에 대한 실험을 진행했습니다. 연구진은 개들을 세 그룹으로 나누었습니다. 1그룹은 버튼을 누르면 전기 자극을 끌 수 있는 곳에 가두었습니다. 2그룹은 전기 자극이 없는 곳에, 3그룹은 전기 자극이 있지만 개들이 스스로 전기 자극을 끌 수 없는 곳에 넣었습니다. 이후 모든 그룹의 개들을 한 공간에 모았습니다. 낮은 벽만 살짝 넘으면 전기 자극을 피할 수 있는 공간이었습니다. 1, 2 그룹의 개들은 벽을 빠르게 넘어 전기 자극을 피했지만, 3그룹의 개들은 전기 자극이 꺼질 때까지 기다리기만 했습니다. 왜 그랬을까요? 이전 공간에서는 어떻게 해도 전기 자극에서 벗어날 수 없었기 때문에 결국 아무런 시도도 하지 않게 된 것입니다.

이 실험을 통해 밝혀진 현상이 '학습된 무기력'입니다. 실패와 좌절을 거듭하면, 아무리 노력해도 이 상황을 벗어날 수 없다는 생각에 사로잡히게 됩니다. 결국 어려움을 극복하려는 시도조차 하지 않고 자포자기 상태에 빠지게 되는 거죠. 이미 힘든 환경에 놓였는데 그 환경으로 인해 무기력을 학습한다는 현실이 너무나 화가 납니다.

가난이 주는 무력감도 마찬가지입니다. 가정 형편 때문에 누리지 못한 경험과 포기해야 했던 기회가 많았을 겁니다. 이런 환경에서는 자신도 모르게 자존감을 잃고, 자신의 한계를 정해 버리기 쉽지요. 하지만 주어진 환경을 바꿀 수는 없더라도, 무기력에서 벗어나는 길은 반드시 있습니다.

마음을 흔드는 상황 앞에서 이제는 자신을 탓하기보다 이 문제 상황이 어디에서 비롯되었는지 차분히 돌아보세요. 문제를 해결하려면 원인부터 정확히 분석해야 합니다.

"우리 집은 가난하니까." "나는 뭘 해도 안 되니까." 같은 원인 분석은 직면한 문제를 해결할 수 없습니다. 예를 들어, "내가 공부를 못하는 이유는 우리 집의 가정 형편이 안 좋기 때문이야."라고 생각하기보다는, "학교 수업만으로는 부족하고, 공부할 공간이 적어서야."라고 원인을 분석하는 것입니다. 원인을 찾으면 문제 상황에서 벗어나려는 의지를 조금씩 되찾을 수 있습니다. 그리고 의지는 무료 인터넷 강의, 방과 후 프로그램 지원비, 학교 밖 장학 제도 등을 적극적으로 활용하려는 '행동'으로 이어집니다.

이 과정을 통해 오늘의 실패를 미래의 실패로 단정 짓지 않고, 주어진 환경 속에서 문제를 해결해 나가는 주체성을 발휘

할 수 있습니다. 스스로 자신의 길을 개척하고 있다는 자신감도 생기지요.

여러분이 겪고 있는 어려움은 개인의 노력만으로 해결할 수 없는 문제입니다. 어려운 상황 속에서도 씩씩하게 버티고 있는 것 자체가 얼마나 대단한 일인지 인정해 주세요. 그럼에도 불구하고 하루하루를 잘 살아 내고 있다는 게 얼마나 대견한지 칭찬해 주세요. 때때로 세상의 기준과 시선이 여러분을 아프게 할 수도 있지만, 그 시선에 맞춰 나를 재단하지 않기를 바랍니다. 어느 누구도 타인의 속내와 미래를 마음대로 단정할 수 없습니다. 어려운 상황 속에서도 당당하게 일어나 밝은 빛을 내는 여러분을 응원합니다.

### 평범한 나, 제대로 마주하기

• 가정 형편 때문에 부끄러웠거나 힘들었던 상황이 있었나요? 그때 일을 담담하게 적어 보아요.

_____

_____

_____

• 그때 어떤 기분이 들었나요? 그 상황 속에서 느낀 부끄러움, 답답함, 화남, 서러움 등의 감정을 솔직하게 털어놓아 보아요.

_____

_____

_____

• 그때의 나에게 위로를 건넨다면, 어떤 말을 들려주고 싶나요?

_____

_____

_____

- 내가 처한 환경에 모든 원인을 돌리면 나는 할 수 있는 게 아무것도 없다는 무기력에 빠지게 됩니다. 지금 내가 바꾸기 어려운 것과 내가 할 수 있는 것을 분리해서 생각해 보아요.

○ 내가 바꾸기 어려운 것

_____

_____

_____

_____

○ 내가 할 수 있는 것

_____

_____

_____

_____

# 부모님이 형제와 저를
자꾸 비교해요

우재와 우리는 이란성 쌍둥이 남매다. 우재는 학교에 가는 것을 좋아했다. 선생님들은 우재에게 '분위기 메이커'라며 늘 칭찬을 아끼지 않으셨다. 조별 토론을 하거나 학급 행사가 있으면 늘 먼저 나서서 아이들을 이끌었다. 우재는 끼도 많았다. 장기자랑 기회가 있으면 개그 섞인 안무와 노래로 아이들을 즐겁게 해 주었다. 우재는 체육 시간이 항상 기다려졌다. 모든 아이가 우재와 같은 팀을 이루고 싶어 했다. 특별히 운동을 잘하는 것은 아니었지만, 왠지 우재와 같은 팀이 되면 즐거웠기 때문이다. 우재는 친구들에게 인기가 많았다.

우재는 집으로 돌아가기 싫었다. 부모님은 우재에게 '제발 여동생의 반만 닮아 봐라.'라며 잔소리를 아끼지 않으셨다. 우재의 쌍둥이 여동생 우리는 항상 전교 상위권의 성적을 유지했다. 우재는 항상 전교 하위권의 성적에서 벗어나지 못했다. 여동생은 초등학교 때부터 줄곧 학급 회장을 맡아 왔다. 중학교 때는 전교 부회장에 당선되기도 했다. 부모님은 친척들이 모이면 여동생 자랑을 잊지 않았다. 친척들은 여동생을 볼 때마다 기특하다며, 예쁘다며, 자랑스럽다며, 집안의 보물이라

며 칭찬해 주었다. 우재는 친척들이 모일 때마다 자리를 피하
고 싶었다.

"우리는 휴대 전화도 잘 안 보는데 왜 그렇게 너는 게임을
좋아하니?"

"우리는 부모님 말씀 잘 듣고 항상 열심히 하는데 너는 왜
맨날 놀려고만 하니?"

"우리는 한국대학교 정치학과 간다더라, 도대체 우재 너는
꿈이 뭐니?"

우재는 부모님이 늘 여동생과 자신을 비교하는 것이 너무
싫었다. 우재는 차라리 학교에 가고 싶을 만큼 집에 있는 것이
너무 싫었다.

# 나의 가치는 어느 누구도
# 함부로 평가할 수 없다

심리학에서는 '사회적 욕구'와 '존중 욕구'라는 개념이 있습니다. 사회적 욕구는 타인과 관계를 맺고 싶어 하는 욕구입니다. 가족과 친구들에게 소속감을 느끼고 사랑받고 싶어 하는 마음이죠. 존중 욕구는 나의 존재 가치를 인정받고 싶어 하는 더 높은 단계의 욕구입니다. 다른 사람들로부터 인정받으며 스스로 가치 있는 존재임을 확인하고 싶어 하는 욕구입니다. 두 욕구가 충족되지 않으면 자존감은 갈대처럼 흔들립니다. 게다가 세상 누구보다 나를 아껴 주고 사랑해 줄 부모님이 형제자매와 나를 비교하며 자존감을 깎아내리면 더 많은 상처를 받겠죠.

올바른 비교는 긍정적인 변화를 이끌어 냅니다. 나의 성격이나 태도 등을 다른 사람들과 비교하면서 더 나은 모습으로 발전해 나갈 수 있습니다. 문제는 비교를 당할 때 일어납니다. 나만의 개성을 문제점으로 보고 교정하려 할 때, 비교는 무거운 족쇄가 됩니다. 나의 가치를 아무개보다 잘하냐, 못하냐로 평가하기 때문입니다. 특히 형제자매는 붙어 있는 시간이 많아서 매 순간 틀린 문제를 찾는 것처럼 자연스럽게 자신의 장점보다 단점에 더 주목하게 됩니다.

그럼에도 부모님이 양육 방식을 스스로 바꾸기로 결심하는 것은 쉽지 않습니다. 게다가 자녀가 부모님께 그러한 양육 방식을 틀렸다고 말하기도 어렵고, 부모님이 이를 받아들일 거라고 기대할 수도 없습니다.

그렇다고 해서 비교당했을 때 꾹 참고 넘어가서는 안 됩니다. 물론 똑같이 비교하는 말로 되갚는 것도 속은 후련하겠지만 마음을 잘 전달할 수는 없을 거예요. 우재의 사연을 다시 볼게요. 우재가 자신과 동생을 비교하는 부모님께 이렇게 말하면 어떨까요? "저와 동생은 다른 사람이에요. 우리와 비교하는 말을 들을 때마다 속상하고 슬퍼요. 제가 잘하는 일들을 알아봐 주시면 좋겠어요." 비교당했을 때의 기분과 앞으로 어떻게 대화를 나누었으면 좋겠는지를 전달하는 겁니다.

　그래도 부모님이 비교를 계속한다면 그때는 다른 선택을 할 때입니다. 부모님이 그런 사람이라고 인정해 버리는 겁니다. 앞에서 세상에 완벽한 사람은 없다고 말씀드렸죠? 인간은 저마다 장단점을 가지고 있고 그건 부모님도 마찬가지입니다.

　부모님이 비교할 때 내세우는 기준은 결코 절대적인 것이 아닙니다. 성적, 성격, 재능, 태도에서 부모님이 중요하게 생각하는 부분이 있더라도, 그것은 부모님의 개인적인 경험과 주변 환경의 영향을 받아 만들어진 상대적인 기준일 뿐입니다. 부모님의 말씀을 참고하되, 부모님의 기준에 충족하지 못했다고 자책할 필요는 없습니다. 부모님은 인생에 길잡이가 되어 줄 수 있지만, 길을 찾아 떠나는 사람은 결국 나 자신이니까요.

　부모님이 강요하는 기준이 아닌 나만의 기준을 세우고, 있는 그대로의 나를 인정해 줘야 합니다.

부모님의 비교와 평가에 흔들리지 않도록 내가 생각하는 좋은 사람, 세상에 도움이 되는 가치, 나의 필요를 탐색해 보세요. 내가 정한 기준에 내가 부합한다면 그대로도 충분합니다. 나만의 기준으로 나를 인정할 때, 부모님의 평가와 비교에서 점점 자유로워지고, 더욱 주체적인 삶을 살아갈 수 있습니다.

내 삶의 기준이 조금이라도 잡히면 마음에 여유가 생깁니다. 그때가 되면, "아, 부모님의 말씀 중에 배울 점이 있구나. 노력해야지."라든가 "부모님은 나를 위해 하셨던 말씀이었을 테지만 상처가 되었어."라며 부모님의 말을 주체적으로 해석하고 받아들일 수 있을 거예요. 여러분의 가치는 누군가에 의해 평가되는 것이 아니라는 사실을 꼭 기억하세요.

## 평범한 나, 제대로 마주하기

• 부모님이 형제자매와 어떤 부분으로 가장 많이 비교하나요? 생각나는 것을 적어 보아요.

_____

_____

_____

• 이번에는 부모님이 단점이라고 생각했던 부분을 장점으로 바꿔 보아요.

(예) 목소리가 작고 소심하다. 〉 단둘이 이야기를 나누면 사람을 편안하게 한다. 다른 사람의 말을 잘 들어 준다.

○ 단점 _____

_____

○ 장점 _____

_____

• 부모님은 자신들의 기준으로 여러분을 판단할 때가 있습니다. 그렇다면 내가 생각하는 진짜 중요한 기준은 무엇인지 생각하고 적어 보세요.

# 넌 꿈이 뭐냐고
## 물을 때마다 대답하기 힘들어요

어린 시절, 부모님이 병훈에게 물었다.

"우리 병훈이는 꿈이 뭐야?"

병훈은 신이 나서 외쳤다.

"비행기 조종사가 될 거예요!"

부모님은 흐뭇한 미소를 지으며 응원해 주었다. 병훈이 그 말을 할 때마다 부모님은 더욱 기뻐했고, 가족들 앞에서도 자랑스럽게 말했다.

"우리 병훈이는 커서 비행사가 될 거래!"

초등학교 고학년이 될 때까지도 병훈은 꿈에 대한 질문을 받을 때마다 행복했다. 꿈을 꾸는 것만으로도 가슴이 뛰었다. 마치 원하기만 하면 그 미래가 자연스럽게 다가올 듯했다. 언젠가 하늘을 날 수 있으리라 굳게 믿었다. 중학교에 진학하고 첫 번째 중간고사를 보았다. 성적이 좋지 않았다. 그래도 병훈은 여전히 꿈을 꾸었다. 담임 선생님과의 상담 시간에도 말했다.

"비행기 조종사가 되고 싶어요."

선생님은 조종사가 되기 위한 구체적인 진로 계획을 설명해 주었다. 그러면서 덧붙였다.

"그러려면 관련 학과가 있는 대학에 가야 해. 선생님이 우리 병훈이의 꿈을 응원할게. 파이팅!" 병훈은 열심히 공부해 보았다. 하지만 성적은 좀처럼 오르지 않았다. 고등학생이 되자, 병훈은 자신의 성적으로는 항공 관련 학과에 들어가기 어렵다는 현실을 깨달았다. 언젠가부터 창밖을 지나가는 비행기를 봐도 예전처럼 설레지 않았다. 자신이 조종석에 앉을 날은 없을 거라고 생각했다. 꿈은 풍선이 터지듯 허망하게 사라졌다.

부모님이 다시 물었다. "병훈아, 꿈이 뭐니?" 더 이상 그 질문이 설레지 않았다. 병훈은 이제 대답할 수 없었다. 자신의 능력이 부족하다는 걸 깨달았고, 그 사실을 마주하는 게 괴로웠다. 그래서 차라리 이렇게 말했다. "꿈이 없어요." 부모님은 걱정했고, 잔소리가 이어졌다. 과거 이야기가 다시금 나왔다. 과거의 망령이 병훈의 목을 조이는 듯했다.

그리고 다시 명절, 어른들이 또 물었다.

"그래, 병훈이는 꿈이 뭐냐?"

숨이 턱 막혔다.

"꿈 없어요."

마치 죄인이 된 것 같았다. 누군가 꿈을 묻는 게 괴로웠다. 꿈이 없다는 이유로 무능한 사람처럼 보일까 봐 두려웠다. 아무것도 하고 싶지 않았다. 자신은 아무것도 할 수 없는 사람이라고 병훈은 생각했다.

# '꿈≠직업' 꿈이 갖는 의미를 다시 생각해 보자

명절에 오랜만에 만난 집안 어른들이 "넌 꿈이 뭐니?"라고 물으면 기분이 어떤가요? 기억을 천천히 되짚어 보세요. 유치원과 초등학교 시절에 같은 질문을 받았을 때는 어땠나요? 분명 어린 시절에는 여러분의 '꿈'에 관해 묻고 대답하는 시간이 즐거웠을 거예요. 그러다가 중학생이 되고 고등학생이 되면서 '꿈'에 대한 질문 자체가 점점 부담스러워졌을 겁니다. 이번에는 또 뭐라고 대답해야 할지, 차라리 명절날 모이지 않았으면 좋겠다는 생각도 듭니다. 새 학년, 담임 선생님의 첫 질문도 부담스럽기는 마찬가지입니다. "그래, 너는 꿈이 뭐니?" 꿈이 없다고 대답하기란 쉽지 않습니다. 다른 친구들은 당당하게 자신의 꿈에 관해 이야기하고, 그 꿈을 이루기 위해 열심히 준비하는 모습을 보면 꿈이 뭐냐는 질문에 대답을 못 하는 자신이 한심하게 느껴지기 때문입니다.

하지만 이 고민은 오히려 '꿈'의 진정한 의미를 깨닫는 계기가 될 수 있습니다. 답답한 마음을 잠시 내려놓고, 자신을 낮춰 보는 눈도 감아 보세요.

"네 꿈은 뭐니?"라는 질문에는 두 가지 문제가 있습니다. 첫째, '꿈'이라는 단어의 가치를 지나치게 낮게 평가했습니다. 둘째, 반대로 '직업'이 갖는 가치를 과하게 높이 평가했습니다. 꿈이 뭐냐고 묻는 말은 사실 이렇게 바꿔도 의미가 바뀌지 않습니다. "너는 장래 희망이 뭐니?" 또는 조금 더 어조를 강하게 해 보면 "너는 도대체 어른이 되어서 무슨 일을 하며 먹고 살래?"로 바꿔도 의미는 같습니다. 즉, '꿈=장래 희망'이라는 의미로 물어보는 질문이죠.

다시 말해, 어떤 직업을 갖는 것 자체를 꿈이라고 해석한 것입니다. 이는 잘못된 단어 사용입니다. 꿈은 결코 그렇게 가벼운 단어가 아닙니다. 직업은 물론 삶에서 매우 중요한 요소이지만, 직업인이 되는 걸 '꿈'으로 정의해서는 안 됩니다.

꿈이란, '내 삶의 의미가 어디에 있는지 확신하며, 평생을 다 바쳐 반드시 이뤄 내고 싶은 가치 있는 것'을 뜻합니다. 예를 들면 "내 삶의 의미는 우리 민족의 해방과 행복에 있고, 나는 목숨을 다 바쳐 반드시 내 나라의 독립을 이뤄 내겠다."라든가, "내 삶의 의미는 사랑하는 내 가족의 행복에 있고, 나는 평생을 다 바쳐 우리 가족과 더 행복한 하루하루를 보내겠다."가 바로 '꿈'입니다. 따라서 "넌 꿈이 뭐니?"라는 질문은 상대방의 인생관, 가치관, 그리고 철학을 묻는 매우 진지한 질문이어야 합니다. 그렇기에 대답도 결코 가볍게 할 수 없습니다.

그런데 우리가 일상에서 꿈을 그런 의미로 사용합니까? 아니죠? 이는 '꿈'이 뭐냐고 묻는 어른들도 '꿈'이라는 단어의 진정한 의미를 모르고 사용하기 때문입니다. 의사라는 직업을 갖는 것에 인생의 의미와 가치가 걸려 있고, 내 모든 에너지와 시간을 다 바쳐 의사가 되는 일에 목숨을 바치겠다? 유튜버가 되는 것이 내가 이 세상에 태어난 이유이며, 유튜버가 되기 위해 평생을 걸겠다? 이상하죠? 그 이상함을 느끼는 것이

야말로 정상적인 반응입니다.

이제 우리는 '꿈은 직업이 아니다'라는 생각을 가지고 더 큰 이야기를 해야 합니다. 나의 꿈이 거창할 필요는 없습니다. 안중근 의사나 슈바이처 같은 위인의 꿈이 아니어도 됩니다. 소박한 소시민의 꿈도 충분히 가치 있습니다. 그게 무엇이든 내가 결정한 나의 꿈이라는 데 의미가 있습니다.

'꿈'은 하루아침에 결정되지 않으며, 평생 고정되는 것도 아닙니다. 다양한 경험을 해 보고, 여러 생각을 다듬어 가면서 나의 '꿈'을 만들어 갑니다. 지금 이 순간, 그동안 나를 죄어 온 질문을 나에게 던져 보세요. "나의 진짜 '꿈'은 무엇일까?" "나는 어떤 '꿈'을 만들어 갈까?"

직업은 내 '꿈'에 도움이 될 수도 있고, 그렇지 않을 수도 있습니다. 내가 갖게 된 직업이 내 꿈에 도움이 된다면 좋겠죠. 돈도 벌고, 내 삶의 가치도 실현하며, 꿩 먹고 알 먹는 이상적인 상태입니다. 예를 들어, 국민의 안전과 평화를 지키는 것에 삶의 의미를 두고 평생을 다 바쳐 나라를 지켜 내는 것이 꿈인 사람의 직업이 군인이라면, 그 사람은 돈을 받으면서 자신의 꿈을 이룰 수 있을 겁니다.

하지만 대다수 어른의 꿈은 '일은 안 하는데 월급은 꼬박꼬박 들어오는 것', '자녀가 건강하게 잘 자라는 것', '무병장수', '세계 여행', '걱정 없이 사는 것' 등입니다. 그런 사람이 있는가 하면, 하루하루 웃으며 건강하게 사는 것이 꿈인 사람도 있습니다. 우리는 그런 사람들을 '대다수'라고 부릅니다.

이제 알겠죠? 나의 꿈을 생각하는 데 있어 직업, 직무에서 벗어나서 생각해 보는 겁니다. 그리고 그렇게 떠올린 내 꿈의 크기가 친구들에 비해 작다고 해서 위축될 필요도 없습니다. 내 인생인데요. 내가 나 행복하자고 사는 내 인생입니다. 누가 대신 살아 주는 것도 아니고, 그러니 여러분 자신도 자기 꿈의 크기가 소박하다거나 혹은 허무맹랑하다고 해서 자신을 낮춰 볼 필요는 없습니다. 더 큰 꿈을 꿔야 한다는 부담감을 느낄 이유도 전혀 없습니다.


저의 꿈은 다섯 가지 정도 있습니다. 그중 하나는 열흘 정도 누구의 간섭도 받지 않고 100인치가 넘는 텔레비전에 최신

콘솔 게임기를 연결해서 시원한 보리차를 마시며 밤새 게임하고 늦잠 자는 겁니다. 언젠가 반드시 이루고 싶은 꿈입니다. 제 꿈이 유치한가요? 피식하셨나요? 그럼 저는 이렇게 말하고 싶습니다. "왜 내 꿈을 이렇다 저렇다 평가합니까? 남의 꿈에 신경 쓰지 마시고, 본인 꿈이나 잘 찾아보세요." 이 꿈을 이루기 위해 저는 열심히 일하며 돈을 벌 계획입니다.

자, 여기서 중요한 개념이 하나 나옵니다. 이 세상의 대다수 사람들은 자신만의 꿈을 이루기 위해 직업을 얻고, 땀을 흘려 돈을 법니다. 그리고 그 돈으로 자신만의 꿈을 하나씩 이뤄 갑니다. 가고 싶던 곳으로 여행을 하고, 좋아하는 가수의 콘서트를 보고, 원하는 자동차를 사고, 내 집 마련을 하는 거요. '꿈=직업'이라는 오해와 부담감에서 벗어나세요.

이제 나는 '꿈'의 진짜 의미를 알지만, 어른들은 여전히 예전처럼 물어볼 겁니다. "너는 꿈이 무엇이니?"

그때는 지금보다 가벼운 마음으로 대답할 수 있을 겁니다. "아, 장래 희망을 물어보신 건가요? 아니면 삶의 의미와 목적을 물으신 건가요? 장래 희망을 물어보신 거면, 현재 이공계

계열 중에서 하나, 문·이과 융합 영역 중에서 하나 정도 추리고 있어요. 요즘 워낙 기술 개발이 빠르게 이뤄지고 있어서 전망을 예측하기가 쉽진 않아요. 하지만 계속 분석 중입니다. 생각하시기에 10년 뒤에도 장래성을 무조건 보장받을 수 있는 직업이 있으면 추천 부탁드려요." 여러분이 정중하고 밝게 이렇게 말씀드리면 어른들은 아차 하는 표정을 지으시고 "넌 참 진로 준비를 열심히 하고 있구나. 허허." 하며 흐뭇하게 칭찬하실 겁니다. 어른들은 나름대로 뿌듯한 질문을 했다고 생각하실 거고 여러분은 스트레스를 받지 않으며 나를 힘들게 하는 질문에서 벗어날 수 있는 겁니다.

여러분이 오늘 이 순간부터 꿈을 탐구하고, 만들어 가길 응원합니다. 그리고 그 꿈을 향한 모든 발걸음이, 여러분의 행복으로 이어지길 바랍니다.

## 🍀 평범한 나, 제대로 마주하기

• "넌 꿈이 뭐니?"라는 질문을 받으면 어떻게 대답하나요? 그 순간 기분은 어떤가요?

_____

_____

_____

• 꿈이 없거나, 혹은 이루고 싶은 꿈을 어쩔 수 없이 포기하게 되어서 힘들었던 순간이 있었나요?

_____

_____

_____

• 그때 어떤 감정을 느꼈나요?

_____

_____

_____

• 꿈이 너무 멀리 있는 것만 같고, 내가 가야 할 길이 잘 안 보이는 나에게 어떻게 위로를 건네면 좋을까요? 다정한 친구가 되어 나에게 따뜻한 말을 건네 보아요.

_____

_____

_____

• 꿈은 직업일 수도 있고, 아닐 수도 있어요. 내가 어른이 되어서 이루고 싶은 꿈을 생각해 보아요. (예) 어른이 되면 내가 좋아하는 옷과 소품, 가구들로 꾸민 나만의 방을 가지고 싶다, 친구들과 돈을 모아서 유럽 여행을 떠나고 싶다.

_____

_____

_____

# 내가 희망하는 진로를
# 부모님이 반대해요

유주는 어릴 때부터 피아노를 좋아했다. 여섯 살 때 동네 피아노 학원에서 처음 건반을 눌렀을 때, 손끝에서 퍼지는 소리에 크게 웃으며 신기해했다. 좋아하던 동요를 연주하며 노래를 부르면 엄마와 아빠는 손뼉을 치며 칭찬을 아끼지 않았다. 유주는 자신의 연주에 부모님이 행복해하는 모습을 보고 무척 기뻐했다. 유주는 선생님께 허락을 받고 점심시간마다 강당에 있는 피아노를 연주했다. 친구들은 유주의 연주를 들으며 감탄했다. 유주는 친구들의 응원과 박수에 기쁨을 느꼈다. 친구들은 유주가 곧 유명한 피아니스트가 될 거라며 미리 사진을 찍어 두자고 말했다. 유주는 행복했다. 학교에서 큰 행사가 있을 때, 유주는 자신이 연주하고 싶다고 방송반 선생님께 말씀드렸다. 그동안 녹음된 반주 곡을 사용하던 방송반 선생님은 흔쾌히 허락하셨고, 칭찬도 아끼지 않으셨다. 많은 학생들 앞에서 피아노를 연주하며 유주는 자신감을 얻었다. 그리고 자연스럽게 자신의 진로를 결정했다. 유주는 피아니스트가 되고 싶었다.

유주는 예술고등학교에 가고 싶다고 부모님께 말씀드렸다.

당연히 부모님께서 기뻐하고 응원해 줄 거라 생각했다. 그러나 엄마는 현실적인 이유를 들어 유주의 선택을 반대했다. 피아노는 취미로만 하라며 강하게 말씀하셨다. 피아노 연주자의 세계는 경쟁이 치열하고 미래가 불확실하니 다른 진로를 찾아보자고 하셨다.

그 후 몇 번이나 부모님을 설득해 보려 했지만, 돌아오는 대답은 언제나 같았다. 유주는 자신이 그려 온 미래가 한순간에 무너지는 듯한 절망감을 느꼈다.

은재는 어린 시절 아빠와 함께 별자리 캠프에 참여했던 그날 밤을 또렷이 기억한다. 끝없이 펼쳐진 밤하늘에는 수많은 별이 저마다 빛을 반짝였다. 아빠와 함께 별자리를 하나씩 찾아가며 이야기를 나눴던 순간이 아직도 생생하다. 그날 이후, 은재는 별에 깊이 빠져들었다. 별자리 책을 읽으며 자연스럽게 우주에 관심이 생겼고, 학교 도서관에 있는 모든 천문학 책을 찾아 읽었다. 생일날 망원경을 선물로 받은 은재는 매일 밤하늘을 살폈다. 발표 기회가 생길 때마다 별과 우주를 주제로 삼았고, PPT에 넣을 자료 사진을 검색할 때도 행복했다. 친구들과 선생님에게 이 멋진 세계를 쉽고 재미있게 설명할 방법을 고민하며 즐거워했다. 은재는 천문학자가 되어 우주의 신비와 비밀을 풀어내는 사람이 되고 싶었다.

고등학생이 된 은재는 진로와 입시 계획에 대해 아빠와 진지하게 이야기를 나누었다. 자신이 꿈꾸는 미래에 대해 아빠에게 말했다. 어린 시절 별자리 캠프에서 아빠와 함께했던 행복한 순간들을 떠올리며 아빠의 응원을 기대했다. 그런데 아빠는 옅은 한숨을 내쉬며 천천히 말을 이었다.

"은재야, 고등학생인데 현실을 봐야지. 순수 과학은 취업이 어려워. 차라리 응용화학이나 기계 공학 쪽을 알아보는 게 어떨까?"

은재는 아빠에게 꿈을 이야기했지만, 아빠는 은재에게 현실을 알려 주었다. 집 안에는 침묵만 흘렀다. 은재의 우주가 무너져 내리는 듯했다.

## 꿈이 벽 앞에 부딪쳤을 땐
## 내 목소리를 가장 먼저 들어 주기

장래 희망을 이야기했을 때, 부모님의 걱정 섞인 한마디에 차가운 얼음물이 가슴을 스치는 듯한 기분이 든 적이 있나요? 안정적이지 못하고 미래가 불투명하니 현실적인 직업을 준비하는 게 어떻겠냐는 말을 들으면, 가슴에 커다란 구멍이 뚫린 듯한 허탈함이 느껴집니다. 나름대로 열심히 정보를 검색하고, 적성과 재능을 살펴본 뒤 말씀드린 건데 무시해 버리니 화도 나고요. 부모님의 말씀이 이성적인 조언을 핑계로 여러분의 가능성을 미리 단정 짓는 것 같기도 합니다.

청소년기는 자신의 가능성을 높게 평가하고, 이성보다 감성에 더 많은 영향을 받는 시기입니다. 예를 들어, 미술을 좋아하는 학생이 학교에서 자신의 작품을 전시한 후 감동을 받아

미대 진학을 목표로 하거나, 게임을 즐기던 학생이 교내 대회에서 우승하며 프로게이머라는 꿈을 품게 되는 경우가 그렇습니다. 반면, 부모님은 위험을 최소화하기 위해 안정적인 선택을 우선적으로 고민합니다. 전업 화가로 성공한 삶을 사는 이들이 적다는 점, 프로게이머의 직업 수명이 짧다는 점 등을 들며 자식들의 미래를 걱정하죠.

또한 여러분은 이제 청소년기를 마무리하고 어른의 삶을 살고자 하는 욕구가 매우 강한 시기입니다. 부모님으로부터 심리적, 경제적으로 독립해 자신만의 삶을 만들어 가고 싶다는 열망이 크죠. 반면, 부모님은 여전히 여러분을 보호하고, 더 나은 미래를 위한 선택을 돕고 싶어 합니다. 어느 한쪽이 절대적으로 옳다고 말하기 어려운 만큼, 이런 차이 때문에 진로 문제로 부모님과 갈등을 겪는 일이 잦습니다.

부모님의 반대는 마음뿐만 아니라 몸에도 깊은 영향을 줍니다. 불안감이 커지고, 잠을 설치며, 식욕을 잃기도 합니다. 이러한 반응은 단순히 감정적인 요인에서 비롯된 것이 아닙니다. 스스로 의미 있게 내린 결정인 만큼 가장 먼저 지지해 주기를 바라는 부모님이 반대할 때 받는 충격이 몸과 마음을 아프게 하는 거죠.

그러면 자연스럽게 이런 생각이 듭니다. "어쩌면 나의 선택이 정말 틀린 걸까?", "내 꿈을 포기해야 하는 걸까?" 고민은 자신감을 흔들고, 자존감을 무너뜨립니다.

여러분의 마음과 꿈을 지키기 위해 꼭 기억해야 할 세 가지가 있습니다. 첫째, 부모님의 반대가 여러분의 가치를 낮게 평가하는 것은 아니라는 점을 기억하세요. 부모님은 여러분의 미래를 걱정하기 때문에 반대하는 것이지, 여러분을 낮게 평가해서 반대하는 것이 아닙니다. 부모님의 현실적인 걱정을 이해하되, 여러분의 가능성을 스스로 깎아내리지 마세요. 부모님의 기대와 다른 꿈을 꾸면 부모님이 걱정하실 수 있지만, 죄책감을 느낄 필요는 없습니다. 여러분의 인생이고 선택인걸요. 시간이 지나 여러분의 도전이 성과를 거두면 부모님의 시선은 자연스레 달라질 거예요. 그리고 성과를 거두지 못해도 '나'의 선택에 자신이 있다면 그 자체로 충분합니다. 그러니 지금 앞서 자신의 가능성을 스스로 부정하지 마세요.

둘째, 부모님의 반대가 오히려 여러분이 꿈과 계획을 더욱 현실적으로 고민하고 구체적으로 준비하는 계기가 될 수 있습니다. 부모님의 반대에도 꿈을 포기하고 싶지 않다면 여러분은 자신의 선택에 더욱 확신을 가질 것입니다. 내가 정말 원하는 게 이것이구나, 하고요. 셋째, 꿈은 결심과 의지만으로 이루어지지 않는다는 점을 명심하세요. 꾸준한 노력과 도전이 차곡차곡 쌓여 꿈을 현실로 만듭니다. 세상은 꿈을 마법처럼 선물해 주지 않습니다. 부모님의 걱정을 존중하면서도, 이를 극복할 현실적인 방안을 스스로 고민하는 시간이 꼭 필요합니다.

주변에서 여러분의 도전에 의구심을 품거나 걱정할지라도 여러분은 여러분의 도전과 시도를 응원해야 합니다. 자신이 가장 먼저 자신의 꿈을 믿어야 한 걸음 더 나아갈 수 있습니다.

부모님의 반대를 막기는 힘들지만 그러한 상황을 어떻게 받아들이고 대응할지는 여러분에게 달려 있습니다. 나의 선택에 죄책감을 느끼는 대신에 부모님이 나를 걱정해 주는 마음에 감사함을 느끼고, 내 꿈을 더욱 구체적으로 발전해 나가면 좋겠습니다.

그 과정에서 여러분의 꿈과 미래에 대해 의심이 들 수도 있고, 기대했던 것보다 더 어려운 길에 포기하고 싶은 순간이 올 수도 있어요. 하지만 그 모든 순간 속에서 여러분을 지켜 주고 밀어주는 가장 소중한 동반자는 바로 자기 자신입니다.

## 평범한 나, 제대로 마주하기

• 부모님이 나의 의사 결정에 반대한 적이 있나요? 그 이유는 무엇이었 나요?

_____

_____

_____

• 나의 선택을 부모님께 설득하기 위해 어떤 노력을 했나요?

_____

_____

_____

• 나름대로 애썼는데도 부모님이 말을 들어 주지 않을 때가 있죠. 그럴 때 부모님께 하고 싶은 말을 솔직한 마음을 담아 적어 보아요.

_____

_____

_____

## 작가의 말

저는 있는 그대로의 저를 받아들이지 못한 채 어른이 되어 버렸습니다. 교사가 된 후 몇 년 뒤, 개인적인 아픔을 겪으며 자존감이 산산이 부서졌고, 심리적 불안을 겪었습니다. '세상 모두가 나를 싫어할 거야. 나는 뭘 해도 안 될 거야. 나는 늘 잘못된 선택만을 해 왔어. 앞으로의 내 삶은 더 망가질 거야. 모든 것이 내 잘못이야.' 매 순간 마음속 목소리가 저를 괴롭혔습니다.

더는 버틸 수 없어서 겨울날 제주도로 스쿠터 여행을 떠났습니다. 제주도의 차가운 겨울바람을 맞으면 잠시라도 그 소리들이 들리지 않을 것이라 믿었습니다. 하지만 북서 계절풍을 정면으로 맞으며 해안 도로를 달리는 그 추위 속에서도 소리는 계속됐습니다.

'넌 최악이야. 너 같은 건 필요 없는 존재야. 난 네가 정말 싫어.' 더는 소리를 견딜 수 없어서 스쿠터를 인도 쪽으로 세운 뒤 그대로 주저앉아, 차디찬 겨울바람을 맞으며 한참을 울었습니다. 그때 마음속 깊은 곳에서 작은 소리가 들려왔습니다. '괜찮아, 태일아. 그만해. 이제 그만 너를 미워해. 세상 모두가 널 욕하고 미워한다고 해도 너만은 너를 인정하고 사랑해야 해. 이제 그만해. 이제 그만 너를 미워해.'

그때 저는 빗장뼈를 손가락으로 톡톡 두드리며 주문처럼 소리를 냈습니다. "이래도 나, 저래도 나, 잘나도 나, 못나도 나. 누가 뭐라 해도 난 그냥 나를 사랑할 거야."

그날 저는 처음으로, 그토록 미워했던 자신과 화해했습니다. 세상 모두가 나를 미워하고 무시한다고 하더라도, 적어도 나 자신만큼은 나를 미워하지 않고, 있는 그대로 받아 주겠다고 약속했습니다. 저는 여러분도 자신과 화해하길 바라며 이 책을 썼습니다. 남들처럼 특별한 재능이나 성취가 없다고 미워했던 '평범한 나'에게 화해의 손을 내밀어 보세요.

행복은 멀리 있지 않습니다. 바로 우리 가까이에 있지요. 우리는 소중한 존재와 함께하는 일상에서 깊은 행복을 느낍니다. 그 소중한 존재가 바로 자기 자신이라면, 우리는 매일을 행복으로 채울 수 있어요. 그리고 지금의 나를 있는 그대로 받아들일 수 있다면, 내일의 나를 꿈꾸고 기대할 줄도 알게 된답니다.

이 책으로 만난 여러분에게 화해와 행복 그리고 평안이 함께하길 바랍니다.


안태일